弟の目の前で

雨 乃 伊 織

幻冬舎アウトロー文庫

弟の目の前で

得意先を訪問した帰り、紗耶《さや》は夕食の誘いを受け、銀座のレストランに入った。社長の杉《すぎ》村《むら》が贔屓《ひいき》にするフレンチで、彼の秘書を務める紗耶もしばしば同伴していた。

「どう？　仕事にはだいぶ慣れた？」

一礼してソムリエが立ち去ると、軽くワインに口をつけ、杉村が切り出した。紗耶はグラスを置き、居住まいを正して「雰囲気だけは」と微笑《ほほえ》みを揃《そろ》えた。

「でもスキル的には、まだまだ半人前以下ですね。このあいだも臨時会議のスケジュール調整でミスしてしまいましたし」

「新人なんだから仕方ないさ。私はよくやっていると思うよ」

フランクな物言いに、紗耶は「ありがとうございます」と照れまじりに低頭した。その一方で、杉村の庇《かば》い立てを心密《ひそ》かに期待していたことに気づく。

紗耶が〈新未来通信〉に入社したのは今年の六月、いまから四カ月前のことだった。それ以前は都内の広告プロダクションでデザイナーをしていた。したがって、秘書はおろかOLとして働くことも初めてとなる。

いわば別世界に飛び込んだわけだが、今回の転職には由々しき事情が絡んでいた。春先、株式投資に失敗した父が憔悴《しょうすい》の果てに亡くなったのだ。母も十二年前に他界しており、父の死後、紗耶と三歳下の弟には借金だけが遺《のこ》された。

父はもともと山っ気のある人だった。若くしてソフトハウスを興こし、ヒット商品で莫大な富を築いたものの、強気一辺倒な経営が仇《あだ》となり、バブル崩壊後に会社を潰していた。それでも射倖心《しゃこうしん》は衰えず、『今度は株で一旗揚げてみせる』などと大見得を切った結果、無惨に敗れ去ったのだった。

葬儀の半月後、紗耶は家庭裁判所に相続放棄を申し立てた。しかし父の口車に乗った知己に『誠意を見せろ』と迫られ、それぞれ債権の一割を返済することになった。その額トータルで二百五十万。分割払いの約束を取りつけてはいたが、忌明《きあ》けから発生する月々の返済は十数万円に及んだ。

いきおい収入アップを余儀なくされ、紗耶はパブかクラブで緊急措置的に働くことを考えた。だが、制作現場の仕事は勤務時間が不均一なため、定時就労のアルバイトは難しい。

となれば水商売を含め、高収入が見込める職業に鞍替《くらが》えするしか道はない……。

そんな覚悟を固めた矢先のことだった。杉村から救いの手が差し伸べられたのは。

焼香に訪れた杉村は、お茶を用意したリビングで『藤江《ふじえ》君とは大学時代、同じ研究室にいた』と語った。きみのお母さん、郁子《いくこ》さんのこともよく存じ上げている、とも。

人伝《ひとづて》に聞き、紗耶たちが負の遺産を背負わされていることも彼は知っていた。そして気遣いを覗《のぞ》かせたのち、こう誘ってくれたのだ。

もしよかったら私の会社に転職しないか、と。

その場で伝えられた月給は、広告プロダクションのそれより二割も高かった。年二回のボーナスとあわせると差は百万近くに開いた。残業代もおおむね百パーセント支払われるという。それだけでも望外なのに、さらに驚くべき提示があった。研修を終え、正式採用された暁には三百万を上限に社内融資を受けさせてくれるというのだ。この制度を利用すれば、まず債権者に借金を返し、あとは五万なり六万なり無理のないペースで返済できる。そう考えると、救われた気持ちで胸がいっぱいになった。

それから話はトントン拍子に進んだ。もっとも『配属先は秘書室を予定している』と告げられたときは、さすがに逃げ腰になった。だが、狼狽《ろうばい》する紗耶をよそに、杉村の隣に座った人事課長は秘書の心構えや仕事内容を滔々《とうとう》と説明した。

それから一カ月後、新未来通信に転職した紗耶は、事前の通達どおり秘書室に配属され、OJTを主体とした新人研修を受けた。六十日に及ぶ研修を通じ、実感したのは『秘書の仕事は意外とシンプル』ということだった。もちろん鼻歌まじりにこなせる仕事ではない。重役との距離が近いだけに、たびたび緊張を強《し》いられた。自分としても集中すべきときは細心の注意を払うよう心がけた。それでもいくつか手違いは生じた。一通り業務を学んだ頃、セミナーの会場手配でケアレスミスを犯し、周りに大迷惑をかけたことがある。接待ゴルフの段取りに不備があり、それに気づいた当日の朝、半ベソを掻《か》きながら参加者の携帯を鳴らしたこともあった。

だから間違っても楽だとは言わない。むしろ『簡単そうに見えるものほど難しい』という常套句《じょうとうく》は、秘書の仕事にぴったり当て嵌《は》まると理解していた。

それだけに遣《や》り甲斐《がい》は大きく、転職して以来、毎日を活き活きと過ごせるのが嬉しかった。正式採用と同時に借金返済の目処《めど》が立ち、先行きの見えない重圧から解き放たれたことも日々の喜びに花を添えた。

折にふれ、最近はこんなふうにも考える。

今日、こうして笑っていられるのは、なにもかも杉村社長のおかげだと。

いまはまだ未熟者ゆえ、ふたりきりの席でもつい身構えてしまう。だが、いつか仕事で恩返しがしたいという、切なる想いは、絶えず胸の奥底で息づいていた。すべからく早く一人前になることが直近の目標となり、心からの願いとなった。

杉村が乗ったハイヤーを見送り、地下鉄の乗り口に向けて歩きだしたとき、腰元でコール音が鳴り響いた。紗耶は歩道の際に寄り、スーツのサイドポケットから携帯を取り出した。サブウインドウには『園垣雄一《そのがきゆういち》』と表示されている。雄一は、紗耶の婚約者だった。

「ああ僕だけど。話をして大丈夫？」

通話ボタンを押し、耳に当てると、雄一はまず携帯ならではの気遣いを口にした。紗耶は「ええ平気」と朗らかに返し、居場所を尋ねる声に銀座だとこたえた。

「社長のお供《とも》をしていたの。で、たったいま解放されたとこ」

「じゃあ、これから逢えない？　ここ最近、電話とメールでしか遣り取りしてないし」

紗耶は「いいわよ」と即答し、待ち合わせ場所を訊《き》いた。すると雄一は、日本有数のシティホテルの名を口にした。そのホテルには以前、ふたりで泊ったことがあった。

ホテルに着き、フロントの脇からロビーを見回すと、片手を挙げる雄一の姿が目に入った。紗耶はスーツの胸元で手を振り返し、彼のもとへ寄った。連れ立ってエレベーターに乗り、最上階にある展望ラウンジに向かう。

ウエイターに案内され窓際のテーブルに座ると、渡された革表紙のメニューに目を通し、紗耶はホワイトレディを、雄一はワイルドターキーのオン・ザ・ロックを注文した。

店内にはジャズ風にアレンジしたノクターンが静かに流れていた。雄一はタバコに火をつけ、顔を窓のほうに振り向けた。

彼の視線を追い、紗耶も窓の外を眺めた。俯瞰《ふかん》する先には街の灯《ひ》を鏤《ちりば》めた都心の夜景が広がっている。その幻想的な彩りに目を奪われ「きれい」と独りごちると、窓ガラスに映った雄一が「そうだね」と眦《まなじり》を下げた。

「でも、どんなにすばらしい景色も、きみの美しさには敵《かな》わない」

紗耶は探る目で雄一を見た。そしてすぐさま噴き出した。「こういうときはやっぱり『冗談でも嬉しい』って喜ぶべきかしら」

「八割方、本気で言ったんだけどね」少年の面影を残す本来の姿に戻り、雄一が照れ笑った。

「きみが転職してからはとくにそう思う。服装やヘアスタイルなんかも以前とは見違えるようだし。――ま、ジーンズと綿シャツとポニーテールの三点セットも嫌いじゃなかったけどね。いかにもデザイナーって感じで」

「それはどうも」

淡白に、というよりは素っ気なく言い、紗耶はすぐに微笑んだ。いつまでも気取らない間柄でいられることが、ひたすら嬉しかった。

雄一と知り合ったのは、いまから二年前のことだ。当時、紗耶が勤めていた広告プロダクションは大手代理店から外部制作を依頼されており、秋の人事異動の際、彼が新しく発注担当に就いたのだった。

雄一は学生時代、アメリカンフットボールの選手として活躍し、鍛えた躰《からだ》つきをしていた。顔立ちも男っぽく、とりわけ太い眉と陽に焼けた肌に野性味を感じさせた。だからだろう、初対面の挨拶を兼ねて名刺交換をしたとき、紗耶は『バイタリティあふれる営業マン』といった印象を強く抱《いだ》いた。

そんな彼と懇意になったのは、忘年会の席で話し込んだのがきっかけだった。映画。音楽。絵画。さらには好きな料理や想い出深い景勝地。それらの嗜好がぴったり一致し、意気投合したふたりは、二次会のカラオケで無理やりデュエットを歌わされ、ますますウマが合うことを認識しあった。

翌週にはさっそくドライブに出かけた。互いにフリーだったのでクリスマス・イヴも一緒に過ごした。年が変わっても、画廊巡りをしたり、コンサートを聴きにいったり、スポーツ観戦をしたり、ともにスケジュールを調整してはデートを重ねた。

二月には正式に交際を申し込まれ、その夜、初めてベッドをともにした。ゴールデンウイークを迎えると、京都まで泊まり掛けの旅行にも行った。そして激しく求めあったあと、腕枕をした雄一はこう囁《ささや》いた。

僕たち、セックスの相性もいいみたいだね、と。

紗耶にも異論はなかった。これまで深い関係になった男性はふたりと、性体験はきわめて乏しかったが、雄一とは情事の面でも波長があう気がした。少なくとも、ヴァージンを捧げた大学の先輩より、雄一のほうが燃えさせてくれるのは確かだ。そんなことも手伝い、交際から丸一年が過ぎた頃には自《おの》ずと将来を誓いあうようになっていた。

雄一がタバコを喫《す》い終えたとき、折よく注文の品が運ばれてきた。互いに「乾杯」と微笑み、軽く口に流し込む。顔をあわせるのは二週間ぶりとあって、ふたりの会話はいつになく弾んだ。グラスを空《あ》けるピッチも上がり、一時間足らずで二杯ずつおかわりをした。

そうしてほろ酔い気分に浸りはじめた頃のことだった。悪戯《いたずら》っぽく笑った雄一が、「今夜は寝かせないよ」と意味ありげに言った。

最初はまた冗談かと思った。だが違った。

雄一は、財布から抜き取った一枚のカードを肩先に掲げた。それは、このホテルのルームキーだった。

紗耶はスポットライトに映えるカードキーと、雄一の顔を交互に見つめた。『そうだ』というように彼がうなずく。

一瞬、明日のスケジュールが頭をよぎった。しかしすぐに打ち捨てる。

紗耶は顎《あご》を引き、伏せた顔をにわかに火照《ほて》らせた。


順番にシャワーを浴び、ダブルベッドの傍《かたわ》らで向かいあった。目の前に立つ雄一は、スタンドの光を瞳に映し、やさしげな顔をしている。瞼《まぶた》を閉じると両肩を軽く摑《つか》まれ、薄く開いた唇に彼の唇が重ねられた。

ややあって、あたたかい舌が分け入ってきた。紗耶はバスローブを羽織った背中に腕を回し、陶酔にたゆたいながらフレンチキスに応じた。

互いに舌を絡ませ、ひとしきり愛情を確かめあうと、あらためてベッドで抱擁を交わした。紗耶のバスローブに雄一の手が伸び、するりと腰紐が解かれる。前合わせの内側に掌《てのひら》が滑り、淡い光のなか、桜色の肌を彼の目に晒《さら》した。

「紗耶のおっぱい、いつ見てもすばらしいね」

いとおしげに言い、雄一の手が乳房を包んだ。たったそれだけで紗耶の躰は熱く疼《うず》いてしまう。柔らかく揉《も》まれ、丸く膨らんだ乳首を吸われると、甘く喉が鳴った。

「紗耶、かわいいよ」

縊《くび》り上げた乳房に舌を這《は》わせ、雄一がもう一方の手を股間に伸ばしてきた。紗耶は「あッ、いやッ」と反射的に腰を引いたが、それは毎度のことと、陰毛を掻き分けた指は正確に的を捉え、陰裂をゆっくり撫《な》ではじめた。

女なら誰でも一緒だと思うが、紗耶もまた性器へのペッティングを弱点としていた。割れ目に沿って肉襞《ひだ》を擦《こす》られると、たちまち心と躰がジュンと潤ってしまう。いまだってそうだ。ヴァギナの奥底から恥ずかしいほど喜悦のしるしを滴らせている。

それを指先にまぶし、雄一が体内へと沈めてきた。親指の腹でクリトリスも愛撫される。紗耶は厚い胸板に額を押しつけ、「あッ」「あッ」と昂《たか》ぶりの声を洩《も》らした。

数分後、雄一の二の腕に縋《すが》りつき、一度目の絶頂を迎えた。自分のお尻や内股はもとより、まるで失禁したかのようにバスローブまで濡らしてしまい、紗耶はしばらく恋人と目をあわせることができなかった。

「気持ちよかった?」

紗耶の呼吸が整うのを見計らい、雄一が訊いた。逞《たく》ましい腕の中で紗耶はうなずき、消え入る声で「ものすごく」と言い足した。

「じゃあ、今度は僕の番だ」

ふたたび紗耶はうなずき、上体を起こした。ふたり揃ってバスローブを脱ぎ、ベッドの真ん中に立った雄一に躙《にじ》り寄る。そのまま彼の足下に正座し、目の前に垂れたペニスを下側から支え持った。

「いつものようにやって」

紗耶の頬に掌を滑らせ、雄一が言った。はい、と紗耶はこたえ、突き出した舌で先っぽを舐めた。とたんにペニス全体がビクンと跳ねる。続けて先端への奉仕を繰り返すと、彼のペニスは根元を摑む指に確かな脈動を伝え、若々しく上を向いた。

その角度がほぼ水平になったところで、固く育った肉の棹に唇を被《かぶ》せた。かつては苦手だったフェラチオという行為も、いまでは当然の営みとして受け容《い》れている。

舌でしごくと雄一のペニスはさらに大きくなった。屹立する角度も真上を向く勢いを示し、自ずと膝《ひざ》立ちの姿勢を取らされる。腰から下が不安定になった分、雄一の太腿《ふともも》に両手を添え、硬化したペニスを愛し続けた。

「紗耶のも舐めてあげるよ」

完全に育て上げた頃、雄一がベッドに横たわった。紗耶は四つん這《ば》いになり、彼の顔の上におずおずと跨《また》がった。

「紗耶のここ、相変わらずきれいな色をしているね」肉の襞をくつろげ、感嘆する声音で雄一が言った。「お豆もぷっくり膨らんで、とってもおいしそうだ」

恥辱を煽《あお》る言葉に頬を火照らせ、紗耶は下半身に腕を回した。しかし、指先が届く前にクリトリスを舐められ、「ああッ」と背筋を仰《の》け反《ぞ》らせてしまう。恋人の口に性器を押し当てる恰好となり、しっとり汗ばんだ肌はますます熱を帯びた。

紗耶はこの『シックス・ナイン』という体勢に、いまだ慣れることができない。とにかく恥ずかしくてならないのだ。あそこだけじゃなくお尻の穴までじっくり見られている——。そう思うと、込み上げる羞恥に眩暈《めまい》さえした。

反面、このうえなく感じるのも事実だった。雄一と躰を重ねて間もない頃、この逆体位がもたらす性愛のうねりに呑み込まれ、舌による前戯だけで昇り詰めてしまったことがある。そのときの昂ぶりを思い起こすと、理性の裏に息づく女心が鈍く疼いた。

「もう一回おしゃぶりして」

ひとたび陰裂から口を外し、雄一が言った。紗耶は「はい」とこたえ、目の前にそそり立つペニスを柔らかく握った。頬に垂れた髪を片側にまとめ、横から顔を寄せると、赤く充血した雁首や青筋が立った棹の部分を丹念に舐め回した。淫靡な音を立てて互いの性器を貪《むさぼ》りあい、いっときが過ぎると、漣《さざなみ》のようなエクスタシーが全身を駆け抜けた。

「そろそろいい？」

「そんな、いやっ」

「ええ。わたしも、もう――」

紗耶は頭の向きを変え、ベッドに仰向《あおむ》けになった。コンドームを着けた雄一が足下へ廻り、紗耶の膝を割り開く。いくよ、の声に顎を引くと、すっかり熟したヴァギナに猛《たけ》ったペニスが分け入ってきた。

躰の芯に電流が走り、紗耶は「ああッ」と仰け反った。抜き挿しが開始されると頭の内側で極彩色の光が弾《はじ》け、シーツを握った爪の先まで性感の波が突き抜けた。

「紗耶、愛してるよ」

リズミカルに腰を動かし、雄一が耳許《もと》で囁いた。ディープキスに応じた紗耶は「わたしも」と喘《あえ》ぎまじりにこたえ、筋肉が躍動する背中に両腕を回した。彼の肌も内側から潤んでおり、背骨の窪《くぼ》みを一撫でると興奮の汗に掌が濡れそぼった。

「今度はきみが上になってくれる？」

三度目のエクスタシーに達したあと、やさしくキスをして雄一が言った。感涙に煙《けぶ》った目で恋人を見返しつつ、紗耶は少し躊躇《ちゅうちょ》した。騎乗位は、女のほうが積極的にリードしなければならない。そこに浅ましさを感じずにはいられず、貞操の念が先走った。

しかし恥じらいながらも首肯した。拒めばせっかくのムードが台無しになってしまうし、本心では『もっと気持ちよくなりたい』と望んでいた。苦手とするバック、すなわち犬のような恰好でまじわるよりはまだマシ、という言い訳めいた想いもあった。

紗耶は躰を起こし、雄一の腰を跨いだ。避妊具を着けたペニスを指先で摑み、愛液でぬめるヴァギナに先端を押し当てる。そこでひとつ息を入れ、葛藤《かっとう》を振り払うと、雄一の胸板に片手をつき、ゆっくり腰を沈めた。

恋人のペニスが子宮にふれた瞬間、紗耶は喉を反らし「ああッ」と叫んだ。それにあわせ、振り乱した髪がふわりと宙に拡がった。

「こないだ教えたみたいに動いてごらん」

乳房を下から摑み、雄一が言った。紗耶は「はい」とこたえ、ペニスを呑んだ腰を上下に、そして前後左右にくねらせた。それに伴い胸奥に赤い火が灯《とも》り、わずかに残った羞恥心を焼き尽くした。

「紗耶、すごくセクシーだよ」

乳房を揉みながら雄一が言い、自らも腰を使いだした。ふたりの動きが同調すると、これまでにない快感がヴァギナから駆け上がった。紗耶は「あッ」「あッ」と律動するたびに喘ぎ、雄一の胸を挟むように両手をついた。

「お願い、吸って」

無意識に飛び出した懇願を受け、頭をもたげた雄一が固く尖った乳首を口に含んだ。甘嚙《あまが》みされ、舌で転がされると、紗耶は「いやッ！」「駄目ッ！」と心とは正反対の悲鳴を放ち、あられもなくよがり狂った。

やがて四度目の絶頂が訪れた。脳裏にピンク色の靄《もや》が立ち籠《こ》め、半ば意識を朦朧《もうろう》とさせる。雄一の躰に抱きついた紗耶は、うわ言のように「もうッ」「もうッ」と繰り返し、本能の赴くままに腰をのたうたせた。それこそ発情した牝犬のように。

下から突き上げる雄一の腰遣いも、より激しくなった。紗耶は密着を深め、「一緒にいこう」と呼びかける声に、上気した顔をガクガク振り下げた。

それからほどなく、ふたりは「いくッ！」「わたしも！」と叫び声を揃えた。直後、ヴァギナを貫くペニスが膨らむように跳ねた。

迸《ほとばし》った精液はたちまちコンドームを満たし、とろけきった子宮をじんわりと灼《や》いた。そこに女の悦びを見出《みいだ》し、紗耶はオルガスムスに彩られた夢の世界へと旅立っていった。

2

和服姿のママに従い、男はカウンター沿いの通路をまっすぐ歩いた。正面には黒塗りのドアがあり、真鍮《しんちゅう》製のプレートに『V.I.P.』と彫り込まれている。

ドアに対して半身に構えたママは、優美な仕草で二度ノックし、薄く開けた内側に「お連れさまがご到着されました」と声をかけた。即座に「おう、通してくれ」と塩辛声が返ってくる。振り返ったママに促され、男はＶＩＰルームに入った。

中は十二、三畳大の広さがあり、Ｕ字形に置かれた革張りのソファに四人の男女が座っていた。そのうちのひとり、和装で身を固めた六十年輩の人物に目を留め、男は「このたびはどうも」と頭を下げた。対峙《たいじ》する人物の名は俵田重臣《たわらだしげおみ》といい、関東屈指の指定暴力団〈天道会〉傘下の幹部組長だった。

「やあ、どうもどうも」

相好《そうごう》を崩し、かたち程度に俵田も頭を垂れた。彼の横で、スッと立ち上がった男ふたりが黙礼する。その間合いは正確で、伸ばした指の先まで隙《すき》がなかった。

俵田の正面に座ると、緋色のロングドレスを着た葛城美冬《かつらぎみふゆ》が「さあどうぞ」とシャンパンを注いだフルートグラスをよこした。彼女の手でアイスバケットに戻された深緑のボトルは、ドン・ペリニヨンのゴールドだった。

「全員揃ったところで乾杯し直しましょうか」

居並ぶ一同を見回し、美冬がグラスを掲げた。それを受け、グラスに手を伸ばした俵田が「今度はなんに乾杯するんだ？」と皮肉っぽく返す。

「もちろん、わたしたちの計画がうまくいくことを願ってよ」

美冬が言うと、俵田はニヤリと歪《ゆが》めた口角から金歯を覗かせ、差し出されたグラスに自分のグラスをふれあわせた。寿司やオードブルが並んだテーブルの上で、チン、と軽やかな音が響く。それを合図に残る三人もグラスを掲げた。

「こいつらを紹介しときましょう」籐《とう》編みのコースターにグラスを戻し、俵田が切り出した。

「手前が稲葉征二《いなばせいじ》で、奥の若いのが川越俊也《かわごえとしや》です」

片手を差し向けられたふたりは「稲葉です」「川越です」と自らも姓を名乗り、膝に両手を載せて低頭した。初めまして、と男も会釈し、さりげなくふたりを窺《うかが》う。

稲葉の年齢は四十歳くらい、髪が短く精悍《せいかん》な顔をしていた。肌は褐色で、引き締まった体型をしているため、一見、海の男を想わせる。しかし、はだけた黒いシャツの上に白いスーツを羽織ったいでたちに、ただの荒くれ者とは違う殺伐とした匂いを嗅《か》ぎ取った。なにより目つきが異様だ。翳《かげ》りを帯びた瞳は、喜怒哀楽をいっさい感じさせなかった。

対照的に、川越のほうは人懐っこい表情をしていた。年齢は二十代半ば、こちらも陽に焼けた肌をしており、茶色い髪を長く伸ばしていることから、パッと見はホストといった印象を抱かせる。先入観にたがわず、かなりの色男でもあった。稲葉と同様、鍛えた躰をしており背も高い。おかげでラフに着たシルバーグレーのスーツが粋《いき》に映えた。

このふたりはいったい何者なのか。状況から俵田率いる〈五社組〉の構成員であることは予測できるが、どんな役所なのかは見当もつかない。

そんな心中を読み取ったらしく、紫煙を吹いた俵田が「征二とトシは天道会きっての調教師ですよ」と紹介を加えた。「こいつらにとっちゃ女を色ボケにするなんざ朝飯前でね、どんなに取り澄ました女でも、てめえから股をおっ広《ぴろ》げるようになります」

自信に満ちた説明に納得がいった反面、男は不安も覚えた。俵田の愛人である美冬を介し、『この女を徹底的に辱めてほしい』と確かに依頼してはいた。しかし狂人にされてしまっては元も子もない。その点をほのめかすと、俵田は「なに、ご心配には及びませんて」とタバコを片手に見得を切った。

「そのへんはうちらもちゃんと心得ています。恥じらいだの理性ってもんを失《な》くさないままセックスの虜《とりこ》にさせる。でなきゃ、こっちも商売になりませんからね」

「どのくらいで仕上げられそう？」

身を乗り出した美冬に訊かれ、稲葉が内ポケットから四つ折りの紙を取り出した。彼の手で広げられ、テーブルの真ん中に置かれたそれは、紗耶のポートレートだった。

写真はA４のコピー用紙にプリントされていた。離れた場所から盗み撮りしたらしく、グラスを手に談笑する紗耶はレンズの存在に気づいていない。彼女の手前にはスーツ姿の男性も写っていた。おそらく来年にも結婚するというフィアンセだろう。幸福に浸る彼女の面持《おもも》ちが同席者の素性を物語っていた。

「こういう純情そうな女は、じっくり堕《お》としていくのが筋だ」写真を指差し、稲葉が言った。

「ま、それでも二カ月あれば充分かと」

「じゃあ、オープンには間に合うわね」

声を弾ます美冬に、男は横目を流した。本日かぎりでこのクラブを辞める彼女は、年末、都内にオープンする会員制クラブを取り仕切ることになっている。そこでは上客向けの特別企画として、淫らなショーを開催すると教えられていた。紗耶をそのショーの目玉にするつもりでいることも。

「行動はいつ頃から開始を？」一口シャンパンを飲み、男は問うた。

「早ければ明日にでも」俵田がこたえ、妖しく光る目に余裕を湛《たた》えた。「この一カ月、交友関係やら趣味やら馴染《なじ》みの店やら『獲物』に関する事柄はすべて調べ上げています。あと『獲物』には弟がいるでしょう？　大学生《セイガク》の。どうやらそいつはスケコマシみたいなんで、そっちから攻めていこうかと考えとります。下半身がだらしねえ野郎は、例外なく隙だらけですからね」

紗耶に似て、弟の幹久《みきひさ》も美男子だった。そう評されたようにプレイボーイとの噂も届いている。ならば色仕掛けも有効だろう。五社組の連中は彼の周辺も隈《くま》なく探り、丸裸にしているに違いない。それすなわち今回の悪巧みが半ば成功したことを意味していた。

「しかしあらためて見ると、ものすげえ別嬪《べっぴん》さんだよなあ。きっちり牝奴隷に仕上げりゃ、スケベジジイどもが放っちゃおかねえよ。金の卵になること間違いなしだ」

下卑た嗤《わら》いにつられ、男は再度テーブルの写真を見やった。うっとり眦を下げる紗耶は、まさに息を呑むほど美しかった。

——だが、この笑顔もあと数日後には……。

二週間前、美冬から聞いた『凌辱計画』を思い返した瞬間、目の前に座るヤクザに荒々しく犯され、喉を絞って泣き叫ぶ紗耶の姿が脳裏に浮かんだ。その光景は凄惨《せいさん》きわまりなく、男はドス黒い期待感に打ち震えた。

3

翌日から三連休を迎える金曜日の夜とあって、渋谷の街は活況を呈していた。世の中は不景気だというが、カジュアルな恰好で群れ歩く若者をはじめ、行き交う人々の顔に暗さはない。幹久の胸も期待に膨らんでいた。自ずと足取りは軽くなる。

目指す店は道玄坂の中途にあった。隠れ家的なバーで、二カ月前にバイト仲間と入って以来、足繁《あししげ》く通い詰めている。そこは若い女性の独り客が多く、格好のナンパスポットになっているからだった。

道玄坂をしばらく進むと、雑居ビルの袂《たもと》に見慣れたネオンサインが見えてきた。幹久は緩む口許を引き締め、ひとつ息を入れた。

と、そのとき、横手から青い影が走り寄り、ふわりと胸に飛び込んできた。幹久は「なんだ!?」と声を上擦らせ、驚愕《きょうがく》の目を落とした。

直後、見開いた目はさらに丸くなった。両腕で抱き留めたのが女優かと見紛《みまが》うような美人だったからだ。躰つきもすこぶるセクシーだった。青いロングドレスの襟元には量感のある乳房が覗き、白い肌が夜目にもまぶしい。

「ごめんなさいっ」

慌てて躰を離し、女が謝った。いえ、と幹久は返し、昂ぶりを悟られぬよう、落ち着きを装って「どうかしたんですか」と尋ねた。

女は「あの……」とつぶやき、背後を振り返った。それだけで事情は察せられた。幹久は路地の奥から現れた酔っ払いに目をやりつつ、怯《おび》えた横顔を見せる女に「あのオヤジに絡まれたんですね？」と確認した。

酔っ払いの年齢は五十歳くらい、頭髪が薄く、くたびれたスーツを着ていることもあって、お笑いタレントが扮する窓際サラリーマンを想わせる。顔立ちが貧相なら躰も小さかった。身長一七八センチの自分と比べ、頭半分は確実に低い。にもかかわらず、赤ら顔に怒気を滾《たぎ》らせるや小走りに近づいてきた。

「なんだおまえは⁉　その女は俺が先に目をつけたんだぞ」

対峙するなり酔っ払いが喚《わめ》き立てた。酒臭い息が顔にかかり、露骨に眉をひそめる。女を掠《かす》め取ったような物言いも不快だった。それでも我慢し、幹久は「迷惑がってるでしょ」と穏便に執り成そうとした。が——。

うるさい、と吼《ほ》えた酔っ払いに、いきなり頬を張られた。さほど痛くはなかったが、頭をカッとさせるには充分だった。素早く体勢を立て直した幹久は、だらしなくネクタイを垂らした胸倉を摑み、鳩尾《みぞおち》に膝蹴りを見舞った。

酔っ払いはゲフッと呻き、腰をくの字に折り曲げた。手前に引き倒すと、小柄な躰は呆気《あっけ》なくアスファルトに転がった。

「おまえ、こんなことをして……」

よろよろ起き上がった酔っ払いが苦しげに睨《にら》んできた。身勝手な言動が気に食わず、幹久は「そっちが先に手を出したんだろ」と正当性を主張した。

「なんだったら警察を呼んで白黒はっきりさせようか？　こっちは全然かまわないよ」

その一言で勝負はついた。酔っ払いはクッと歯噛みすると、「いつかきっと吠え面をかかせてやるからな」と捨てゼリフを吐き、もときた路地を引き返していった。

ふらつく背中が電柱の陰に消えるのを見届け、幹久は女に横目を流した。

あらためて窺った女は、やはりとびきりの美人だった。タイトなロングドレスの上に同色のボレロを羽織ったいでたちがグラマラスな姿態をより魅惑的にしている。歳《とし》は二十五、六といったところか。あるいは見た目より三つ四つ上かもしれない。姉の紗耶もそうだが、いい女はたいてい若く見えるものだ。

「ごめんね。妙なことに巻き込んじゃって」

目があうと、ほっとした面持ちで女が詫《わ》びた。いえ、と首を振った幹久は「黙って見過ごすわけにはいきませんから」と好青年を演じ、女に歩み寄った。

「このあと、なんか予定は入ってる？」

腕時計を見て女が訊いた。白い手首に巻かれた腕時計は、ブルガリの最高級モデルだった。反対側に提げたハンドバッグも、かなり高価なものだと知れる。さらにはピアスとネックレス。ダイヤ特有の澄んだ輝きもさることながら、おそらく数百万は下らないだろう、その大きさに眩惑される思いだった。

緊張に舌の根を強張《こわば》らせながら、幹久はすぐそこのバーへ行く途中だと教えた。

「誰かさんと待ち合わせ？」

「いえ、ひとりです」

「だったらわたしと飲まない？　助けてくれたお礼もしたいし」

女は気軽に提案した。一方、幹久は了承をためらった。願ってもない展開だが、話がうますぎる気がしたのだ。

だが結局、こんなチャンスは二度とない、と彼女の誘いに乗った。

「そういえば自己紹介がまだだったわね」道玄坂で拾ったタクシーが赤信号で停車したとき、ふと思い出したように女が言った。「わたしは葛城美冬。あなたは？」

「藤江です。藤江幹久」

会話の流れからフルネームで返答すると、美冬と名乗った美女は「幹久君か」と復唱し、グロスが映える唇をにこやかにくつろげた。間近で見る笑顔は、恐ろしくつややかだった。

「幹久君は、学生さん？」

「はい、大学生です。……葛城さんは、どういったお仕事を？」

「美冬でいいわ。そう呼ばれるほうが慣れているし」

だからといって呼び捨てにするわけにもいかず、幹久は『美冬さん』と言い直して同じ質問を繰り返した。

「いまは無職よ。昨日まで銀座のクラブで働いてたけど」

言われてみれば、美冬の躰からは夜の匂いが感じられた。男好きのする容姿も、水商売で磨き抜いたと考えれば得心がいった。

その後も、問わず語りにプロフィールが披露された。話の過程で、美冬が北海道の出身であることや、高校を卒業後、二年間アパレルメーカーに勤めたこと、ホステスの経歴はトータルで八年に及ぶことなどを知った。一連の情報から、彼女の年齢が二十八か二十九歳であることもわかった。

渋谷を出て十五分後、タクシーを降りた幹久は、歩道の先に聳《そび》える近未来的なタワー型マンションを見上げて息を呑んだ。

「ここって、美冬さんの？」

「ええそうよ」

外観に劣らず、マンションの内部も贅を尽くした造作がなされていた。大理石張りのロビーを抜けた先には、これもまた気品に満ちたエレベーターホールがあり、高級ホテルに紛れ込んでしまったような錯覚を起こさせた。

三十二階でエレベーターを降りると、両側に間接照明を従えた廊下が伸びていた。前を歩く美冬はその中程で足を止め、ハンドバッグからカードキーを取り出した。

この段になって、ふたたび怖《お》じ気《け》がもたげた。「美冬さん、いいんですか」

「いいって、なにが？」

「だって僕たち、初対面なのに……」

「ああ、そういうこと」屈託なく美冬はつぶやき、幹久君って真面目なのね、と朗らかに続けた。「別に襲ったりしないから安心して。ただお酒を飲んで、楽しくお喋《しゃべ》りをするだけ。もちろん、お代をちょうだいしたりもしないわ。なんだったら一筆入れる？」

冗談とはいえ、そこまで言われては固辞できない。もとより、お礼をしたいと誘われたときから『これって棚ボタ？』と期待していたのだ。ならばと肚《はら》を括《くく》り、幹久は「お邪魔します」と笑顔を返した。

美冬に従い、招じ入れられたのは、三十畳はあろうかというリビングルームだった。

「どこでも好きなとこに座って」

快活に促され、幹久はコの字形に置かれた応接セットの真ん中に腰を下ろした。セピア色のレザーソファには一点の染みもなく、座り心地も極上だった。

「お酒や割り物は一通り揃ってるわよ」

脱いだボレロを背凭《せもた》れに掛け、美冬が言った。彼女のドレスは袖無しのタイプで、あらわになった二の腕の白さに目を奪われながら、幹久はジントニックを頼んだ。

フロアの隅にはアンティーク調のホームバーがあった。その内側に入った美冬は「わたしもジントニックにする」と笑い、ふたつのグラスを携えて戻ってきた。

「では、ドラマチックな出会いを祝して」

科《しな》を作り、美冬がグラスを突き出した。その拍子に、撓《たわ》んだ襟元から豊かな丸みが覗けて見えた。幹久はドキドキしながらグラスに口をつけた。すぐさま眉をひそめる。なんとなく苦いような気がしたのだ。しかし、きっとこういう味もあるのだと自らに言い聞かせ、駄目押しとばかりに微笑んでみせた。

それからしばらく四方《よも》山《やま》話に興じた。美冬が対した珍客やコントめいた体験談に、幹久は腹を抱えて笑い転げた。

そうしたなか、躰に異変を感じたのは三杯目のジントニックを飲みはじめた頃のことだった。突如としてペニスが疼きだしたのだ。幹久はライターを探すふりをしてポケットに手を突っ込み、脈動するペニスを楽なポジションにずらした。さもなければ張り詰めたジーンズがもたらす圧迫感に顔をしかめてしまいそうだった。裏を返すと、それくらい幹久のペニスは猛り狂っていた。

――いったいなにが起きたんだ⁉

忙《せわ》しなくタバコを吹かしつつ、幹久は黙考した。カクテル二、三杯で異常を来たすほどアルコールに弱くはない。となれば考えられる理由はただひとつ。美冬の色香に牡の本能が目覚め、理性の殻に罅《ひび》が入ったのだ。

彼女は最初、少し離れた位置に座っていた。だが哄笑《こうしょう》するたび距離が縮まり、いまは真横に座っている。もはや寄り添っているといっても過言ではなく、実際、彼女の手が幹久の肩に、あるいは太腿に、さりげなくふれられたことが幾度となくあった。

――もしかして誘っているのか？

灰皿にタバコを押しつけ、幹久は横目を流した。ちらりと彼女が見返してくる。その瞳はかすかに潤み、このうえなく色っぽかった。

ゴクリと喉を鳴らした幹久は、意を決して美冬の肩を抱いた。すると、彼女は自ら躰を密着させてきた。

できる！　この女とやれる!!　そう確信した幹久は、ドレスを突き上げる乳房に手を伸ばし、押し倒した躰に覆い被さった。

「ちょっと幹久君、どうしたのっ!?」

美冬が驚愕に叫んだ。それにかまわず布越しに乳房を揉みしだいた。逆の腕でうなじを支え持ち、強引にキスを迫る。だが、固く結ばれた唇を割ることはできなかった。

なにも焦ることはない。そう思い直し、甘く香る首筋に濡れた唇を這わせた。その間も乳房をまさぐる手は休めなかった。美冬の乳房は見た目よりボリュームがあり、また、想像以上に柔らかかった。

「幹久君、お願いだからやめてッ！」

耳許で切迫した声が響いた。しかし幹久は意に介さず、捲《めく》れ上がったドレスの裾に手をかけた。美冬の足はとても滑らかで、燃え盛る獣欲のメーターを一気に押し上げた。

「いやッ！　やめてッ!!」

あと少しで下着まで達しようかというとき、ひときわ甲高《かんだか》く美冬が叫び、幹久の胸を突き飛ばした。その力は存外強く、バランスを崩した幹久はソファから転げ落ちた。

素早く起き上がった美冬は、尻餅をついた幹久の傍らを前屈《まえかが》みで駆け抜けた。幹久が立ち上がったとき、彼女はすでにフロアの端へと逃げていた。

「幹久君、あなた悪酔いしてるのよ。じゃなきゃ勘違いしてる。わたし、初めに言ったわよね？　飲みながら楽しくお喋りするだけだって。なのにいきなり……」

そこで言葉を詰まらせ、美冬が長い睫毛《まつげ》を伏せた。いつもの幹久なら激しい自己嫌悪に囚《とら》われたことだろう。俺はなんて馬鹿なことをしてしまったんだ、と。

しかし今夜は違った。反省する気など、いっさい起きなかった。むしろ『純情ぶりやがって』と鼻で嗤う自分がいた。美冬の言動は、なにもかも演技に思えて仕方がなかった。女のプライドを傷つけず、無理やり迫られたと言い訳するための演技に。

「ごめんなさい、わたしもう寝るわ」

さも失望したように告げ、美冬が廊下に消えると、間の抜けた静寂がリビングに降りた。だが幹久は慌てなかった。いまのもポーズに違いない。そう推測する根拠はいくつもあった。もし本気で拒みたいなら『出ていけ』と命じればいい。もしくは『警察を呼ぶ』と警告する手だってある。なのに彼女は、いずれの手段も講じなかった。ばかりか自分を押し倒した男に『もう寝る』と宣言までしているのだ。それらの事柄をまとめると『すべてはベッドでのまじわりを盛り上げるための演技』という結論に辿《たど》り着いた。

リビングを横切り、幹久は廊下に出た。探すまでもなく寝室はすぐに見つかった。ほの暗い闇の中、薄く開いたドアの隙間から一条の光が洩れていたのだ。これにより『彼女はやはり誘っている』と確信を強めた。

幹久は足音を忍ばせ、戸口に立った。そっと隙間を広げると、姿見の前に立ち、ドレスを脱ぐ後ろ姿が目に飛び込んできた。

下着姿になった美冬は、とてつもなくセクシーだった。レース遣いの下着はゴージャスで、とりわけガーターストッキングに目が吸い寄せられる。そんな下着を身につけている女性など、AVでしか見たことがなかった。

美冬は裸で寝る習慣があるらしく、ブラジャーとTバックのショーツを順に脱いだ。次いでガーターベルトに手をかけたとき、無防備に晒された乳首が目に入り、幹久はいても立ってもいられなくなった。

我を忘れて寝室に押し入ると、美冬はハッと目を剝《む》き、間接照明に浮かぶ白い裸身を凍りつかせた。幹久は大股で歩み寄り、縺《もつ》れるようにベッドに押し倒した。

「美冬さんがいけないんだよ。そんなカッコで挑発するから」

いやッ、やめてッ、と抗う美冬の腕をベッドに押さえつけ、縊れた腰の上に跨った。悲鳴を放つ唇に自分の唇を重ね、強引に舌を挿し入れる。美冬は「んんッ」と喉の奥で唸《うな》り、顔を捩《よじ》ってキスから逃れようとした。だが、そうはさせじと両手で頬を挟み、尖《とが》らせた舌で彼女の口の中をまさぐった。

美冬の目に涙があふれても、幹久はキスをやめなかった。そのうち自分から求めてくるようになる。そう決めつけ、唾液をまぶした舌で口腔を犯し続けた。

予想どおり、じきに美冬が舌を絡めてきた。それと前後して、幹久の躰を押し退《の》けようとしていた力がふいに弱まった。

逃げられる心配がなくなり、美冬の躰から下りた。たわわな乳房をソフトに揉みしだき、先端に色づく蕾《つぼみ》を口に含む。軽く舌で転がした瞬間、美冬の躰がビクンと仰け反り、手の甲を当てた口から「あぁ」という恥じらいの喘ぎが滴り落ちた。

交互に乳房を愛撫しながら、一方の手を美冬の股間へ這わせた。不思議なもので、彼女くらいの美人になると密生した陰毛までもが極上品のように感じられる。実際、掌を撫でる感触は驚くほど繊細だった。

「そこは駄目」

指先が性器に達すると、美冬は鼻にかかった声を出し、幹久の手をどかそうとした。だが、掌を摑んだ手を払い除《の》けると抵抗はあっさりやんだ。躰を捩って愛撫から逃れようともしなかった。

当然だ、と幹久はひとり微笑んだ。こうなることを彼女も望んでいたのだから。

ならば期待に応《こた》えてあげようと、まずは揃えた三本の指で性器を撫でた。軽いタッチを繰り返すうち、肉襞がぬめりを帯びてくる。それに伴い、柔肌を震わす艶《なま》めかしい喘ぎも少しずつ大きくなった。

「美冬さん、もっと気持ちよくしてあげる」

たっぷり潤ったのを見計らい、愛液に濡れた指をヴァギナに挿し入れた。とたんに美冬が「あぁッ」と叫ぶ。根元まで没した指をゆっくり動かし、徐々にペースを上げていくと、耳に響く喘ぎがリズミカルな嬌声に変わった。

抜き挿しする指を二本に増やしたところで、クリトリスも愛撫しだした。親指の腹で包皮を捲り、剝き出しになった肉の芽をしごく。それにあわせ、ふたたび乳房を揉みはじめた。ぷっくり膨れたピンクの突起を舐め回し、ときに軽く歯を立てる。すると、充血したクリトリスと同様、乳首も硬くしこった。

そうして数分が過ぎた頃、「あッ」「いやッ」「駄目ッ」と喘ぎまじりに繰り返していた美冬が、頭をもたげて見つめてきた。「それ以上やられたら、ああッ――」

クリトリスを摘んだことにより、続く言葉は引き攣《つ》った悲鳴に遮られた。だが、出かかったセリフは台本を読んだかのようにわかる。しっとり汗ばんだ躰を弓なりにした彼女は、たぶんこう言おうとしたのだ。

それ以上やられたら、いってしまう、と。

もとよりそのつもりだった。これまで三十人を超える女とセックスし、アクメに導く指遣いには一角《ひとかど》の自信を持っている。

「美冬さん、我慢することないよ」

上気した彼女の頰に口を寄せ、幹久は囁いた。同時に培った技を総動員して追い込みにかかる。美冬は「いやッ」「いやッ」と長い髪を振り乱し、涙目で許しを乞《こ》うた。だがむろん、やめるつもりはない。誰もが振り返るような美人を、俺はいま屈服させようとしている。そう思うとサディスティックな心持ちになり、性器を掻き回す二本の指に、乳房を鷲摑《わしづか》む掌に、ぐっと力が籠《こも》った。

「お願いッ！　駄目ッ！　いやあああッ!!」

美冬は悲痛に叫び、手足を突っ張らせて躰をのたうたせた。そのさまは凄艶ながらも滑稽《こっけい》だった。幹久は胸に拡がる歪《いびつ》な勝利感に酔い痴《し》れ、衣服を脱ぎ捨てた。

圧迫から解き放たれたペニスは、すぐにでも挿入できる状態にあった。ただ、それではいまいち面白味に欠ける。ここはやはりフェラチオから入るのが道理だろう。

幹久は虚脱した美冬の躰を抱え起こし、彼女の目前に仁王立ちした。頰に添えた手で後《おく》れ毛を梳《す》いてやり、「美冬さん、しゃぶってよ」と口許にペニスを突きつける。よもや拒否はされまいと高を括っていた。ところが彼女は「いや」と言い、プイと顔を背けた。派手にいかされたことを怒っているらしい。

まるで小娘みたいじゃないか、と幹久は苦笑った。だからといって、このまま引き下がるつもりは微塵《みじん》もない。細い顎を摑んで正面を向かせると、親指で唇を割り開き、無理やり欲望を果たした。

女優と見紛う容姿端麗な女が自分のペニスを咥《くわ》えている。その事実に、幹久は感動を伴う興奮を覚えた。目顔でフェラチオを促すと、おもむろにストロークが開始された。

　抵抗しても無駄だと諦めたのか、それからの彼女は「強く吸って」とか「チュパチュパ音を立ててよ」といった指示に素直に従った。鼻を鳴らして昂ぶりを伝え、ときおり『どう？気持ちいい？』と問うような眼差《まなざ》しをよこしては、裏筋を舐めさすり、張り出したエラに舌を絡ませた。

　強弱の加減。舌遣い。唾液の量。ストロークの早さ……。美冬のフェラチオは、それらのすべてが完璧だった。おかげで五分と経《た》たずに尾骶骨《びていこつ》のあたりが痺《しび》れだした。

「美冬さん、ありがとう」

　幹久は礼を言い、肩を押して裸身を横たえさせた。間を置かず自らも腰を落とし、ストッキングを穿《は》いた両膝を摑んで彼女の足を割り開く。その中心部では、愛液に濡れ光る性器が密やかに息づいていた。

「幹久君、お願いだから許して」

「この期《ご》に及んで惚《とぼ》けたこと言わないでよ。ほんとは欲しくてたまらないんでしょ？」

　幹久は鼻で嗤い、脈打つペニスに手を添えた。その先端がラビアにふれると、美冬は「いやッ」「それだけはいやッ」と泣き叫び、激しく腰をくねらせた。だが矛先を躱《かわ》すまでには至らず、むしろ牡の本能を掻き立てるスパイスとなった。彼女はそうなることを見越し、最後の抵抗を試みた気もした。

ほどなく凶器と化したペニスが濡れそぼる秘孔を捉えた。幹久は脂汗が滲《にじ》んだ美冬の腰を摑み、躊躇なくペニスを沈めた。

「いやあああぁッ!!」

淫靡な香りが満ちる寝室に、この夜二度目となる絶叫が響き渡った。それをエールに抽送をはじめる。美冬のヴァギナは内粘膜に粒々がある、俗に言う『かずのこ天井』で、あたかも意思を持った生き物のようにうごめいては、鋭敏なカリの裏側を、張り詰めた棹の部分を、心地よく締めつけた。

「美冬さんのあそこ、最高だ」

初めて出会った名器のすごさを存分に味わいつつ、硬く膨れた乳首と涙の味がする唇にキスの雨を降らせた。そして、彼女の口から洩れだした「あッ」「あッ」という喘ぎに興奮を高めながら、子宮を貫く勢いで腰を振りたくった。


ドアが開く音を聞きつけ、幹久は薄く目を開いた。朝を迎えたらしく、カーテンを透かして淡い光が差している。たぶん、一足先に目を覚ました美冬がシャワーを浴びにいったのだろう。なにしろ昨日は、立て続けに三回もセックスしたのだから。

幹久は目を閉じ、快楽の余韻に浸った。

悩ましげに濡れた美冬の瞳。リズミカルな喘ぎを洩らす唇。お椀形に突き出したバスト。細くしなやかな腰回り。滑らかで弾力のあるヒップ。そして熱く潤った性器……。それらのひとつひとつを思い出すにつけ、自然と頰が緩む。

やはり相手があれだけの美人となると、興奮度からして段違いだった。この女をめちゃくちゃにしてやりたい。持てるテクニックを駆使して思いきり歔《な》かせてみたい。一回戦を終え、主導権を握ってからは、そんな嗜虐心にも衝《つ》き動かされた。

とはいえ罪悪感はほとんどなかった。最初こそ嫌がってみせた美冬だが、二回、三回と躰を貪るうち、あられもなくよがり狂ったからだ。とりわけバックから貫いたときの豹変ぶりはすさまじかった。長い髪を振り乱し、「気持ちいい！」「壊れちゃう！」と泣き喚くさまは、いまだ脳裏にこびりついている。

三回も射精したというのに、太腿にふれるペニスも疼いていた。この分だと起き抜けにもう一発やれそうだ。いや、美冬さんが相手なら二回はいける。今度はどうやって責めてやろう。いっそ変態プレイに挑んでみてはどうか。口では嫌がっても最後はきっと受け容れてくれるはずだ。おそらく彼女は好きモノに違いないから。オナニーを強要しても面白いかもしれない。あるいは言葉責めで歔かすという手もある。でも初めの一発はフェラチオで抜いてもらうのがベストかな。朝の挨拶代わりとか言って。彼女のことだ、口に出したら嫌がらずに飲んでくれるだろう。それこそ、うっとりと喉を鳴らして……。

膨らむ妄想に、幹久はクックッと含み笑った。――と、そのときだった。

「おい、起きろ」と命じる声が、足下のほうから聞こえた。

初めは幻聴かと思った。美冬の作り声にしてはドスが利きすぎていたからだ。しかし寝惚《ねぼ》けていたわけでも、悪戯に出た美冬が男口調を装ったわけでもなかった。

「いつまでもいい夢見てんじゃねえ！」

怒気を孕《はら》んだ胴間声に鼓膜が震えた直後、両足を摑まれ、勢いよく引っ張られた。幹久は「わっ⁉」と叫び、躰を覆う毛布を咄嗟《とっさ》に抱えた。だが、それで歯止めが利くはずもなく、毛布ごとフローリングに放り出された。

尾骶骨を強打し、幹久は「ウッ！」と呻いた。ともすれば床を転げて悶絶《もんぜつ》しそうになる。しかし既《すんで》のところで堪《こら》えた。苦痛よりも血の色をした恐怖のほうがまさった。

瞼を擦り、眠気を払うと、筋者風の男が三人、目の前に立っていた。男たちの背後には紫色のワンピースを着た美冬の姿もあった。幹久は縋る想いで「美冬さん」と声をかけた。ところが彼女は、冷ややかな一瞥《いちべつ》をよこすだけだった。

――いったいどうしたっていうんだ？　昨日はあんなに愛しあったというのに……。

「おまえ、自分がなにを仕出かしたか全然わかっちゃいないようだな」

混乱を読み取ったらしく、真ん中に立つ兄貴格らしき男が口を開いた。その冷徹な声に引き寄せられ、幹久は恐る恐る男を見上げた。

兄貴格の年齢は四十歳前後、だが『中年』のイメージとは懸け離れた精悍な顔立ちをしていた。躰つきもシャープで、ノーネクタイで着用したダークスーツが見事に似合っている。頭髪は短く、浅黒い肌をしているので、パッと見はスポーツ選手に見えないこともなかった。ただ、冷たく昏《くら》い瞳が裏社会の住人であることを如実に物語っていた。

「あなたたちは……」

ゴクリと生唾を呑み、幹久は訊いた。すると、兄貴格の左に立ったスキンヘッドの巨漢が

「俺らは天道会五社組の組員だ」と悪相をすごませた。

「で、こちらは俺らの姐さんだ」

バトンを引き継ぐように、兄貴格の右手に控えたリーゼントの男が、戸口に佇《たたず》む美冬を目線で示した。身長こそ一七〇センチに満たないが、この男もスキンヘッドに劣らず凶暴な顔をしている。それはさておき『姐さん』とはどういう意味だ？　不安に逆らえず、幹久はそのまま口にした。

「彼女はうちらの組長《オヤジ》の、いわゆる情婦《オンナ》だ」

兄貴格の説明に絶句し、幹久は救いの目を美冬に流した。だが、開いたドアに背中を預けた彼女は、まるで汚いモノを見てしまったかのように顔を背けた。

「てめえ、さんざん好き勝手なことをしてくれたそうだな」

しゃがんだスキンヘッドに睨《ね》めつけられ、幹久は体育座りの恰好で後退《あとずさ》った。腰回りを覆った毛布のほかになにも身につけておらず、それがまた湧《わ》き上がる怯えに拍車をかけた。

「てめえがしたことは犯罪だぜ？　無理やり女を犯すなんてよ」

嘲《あざけ》る口調で言われ、幹久は「そんな、無理やりだなんて――」と弱々しくスキンヘッドを見返した。「僕はてっきり、合意のうえかと思ったんです」

「そうは聞いてないぜ、俺らは」

ねえ姐さん、と声をかけられ、美冬がうなずいた。「わたし、何度も頼んだわよね？　『やめて』とか『許して』って。なのにあなたは足腰が立たなくなるまで犯し抜いたじゃない。それこそ何時間も」

反論する隙を与えず、美冬は一気に捲し立てた。鋭利な瞳には憤怒《ふんぬ》と敵意が萌《きざ》している。彼女が言い連ねた事柄は、どれも身に憶《おぼ》えがあることだった。しかし――。

美冬にだって落ち度はある。『ヤクザの情婦』という切り札があるなら、なぜそれを使わなかったのか。いくら酔っていても、そんなことを聞かされたら決して手は出さなかった。

というより土下座して逃げ帰っただろう。

勇気を振り絞り、その点を指摘すると、美冬は「呆《あき》れた」と軽蔑をあらわにした。「だったら訊くけど、あなた、自分がピンチに直面したとき、知り合いの名前を出して助かろうと思う？　思わないでしょ？　意地とかプライドがあるなら。わたし、そういうことを人一倍気にする性質《たち》なの。だから口が裂けても言わなかった。虎の威を借るような、そんなみっともない真似だけは絶対にするものかって」

美冬の言い分には説得力があった。それすなわち情状を酌量してもらう唯一の糸口が潰《つい》えたことを意味していた。幹久は嘆息を洩らし、力なく項垂《うなだ》れた。

「どうやら結論が出たようだな」

断じる声に顔を上げると、冷眼を向ける兄貴格に「立て」と命じられた。幹久は毛布を押さえ、のろのろと起き上がった。生まれて初めて女に裏切られ、あまつさえ犯罪者呼ばわりされ、放心状態に陥っていた。

「その毛布を肩からかけろ。下が素っ裸だとわからないように」

兄貴格の指示に盲目的に従い、腰から外した毛布をポンチョのように纏《まと》った。すかさずスキンヘッドとリーゼントに両脇を挟まれ、寝室から連れ出される。

玄関に向かう直前、兄貴格に耳打ちする美冬の姿が目に入った。情けなくも『本当にこれでいいのか』と翻意を促す顔を振り向けてしまう。だが彼女は毫《ごう》も同情を覗かせず、むしろ酷薄な笑みで幹久を見送った。

4

ハッと瞼を開き、ヘッドボードを見た。着信ランプを点滅させ、携帯が鳴っていた。

半身に寝返り打ち、紗耶は携帯を摑んだ。サブウインドウには弟の名が表示されている。時刻は六時四十三分。昨日、午前一時に就寝したとき、彼はまだ帰宅していなかった。たぶん友達のアパートにでも泊ったのだろう。外泊するときは一本連絡しろと、いつも口酸っぱく注意しているのに……。心地よい眠りを妨げられ、こんな朝早くになんだろうと不機嫌になりながら、通話ボタンを押した。

「もしもし」

「……藤江紗耶ダナ」

「えっ⁉」予想外の返事に、紗耶は思わず素っ頓狂な声を上げた。「もしもし、ミッちゃん？　ねえ、ちょっと。もしもしっ⁉」

「オマエノ弟ハ、エライコトヲ仕出カシタ」

えらいこと？　いったい幹久がなにをしたというのだ？　端《はな》からそんなことを切り出すなんて、まるで脅迫電話じゃないか。事実、そう想わせるだけのリアリティがある。あれはボイスチェンジャーといったか、受話口から聞こえる声は、鼻を摘んで喋っているような不気味なものだった。

とはいえ、ほかの可能性を探る冷静さは残っていた。毛布を撥《は》ね除《の》け、ベッドの端に腰掛けると、両手で携帯を握り直し、再度「ミッちゃん」と呼びかけた。

「そういう悪ふざけ、わたし大嫌いだから」

窘《たしな》める口調で言い、返事を待った。朝陽が差す室内に緊張が流れる。しかし、耳朶《じだ》にこだますのは高鳴る鼓動だけだった。

「ミッちゃん、つまらない冗談はやめて」

込み上げる不安に逆らえず、紗耶は切々と訴えた。すると、雑音に被せて「姉さん」と呼ぶ男の声が聞こえた。今度は紛れもない、弟の声だった。

「ミッちゃん!?　なにがあったのっ!?」

急《せ》き込んで紗耶は訊いた。だが弟は「俺――」とか「ごめん――」と繰り返すばかりで、まったく要領を得ない。よほど怖い思いをしたのか、本来、人一倍体面を気にする彼の息遣いは形無しに慄《ふる》えていた。

——これは只事じゃない。

不穏なトラブルがあったことをようやく悟った。紗耶はパジャマの上から胸を押さえ、ひとつ深呼吸した。

「ミッちゃん、いったいどうしたの？」

あらためて問うと、弟は「姉さん、ごめん」と涙声で詫びた。「俺、酔っ払っちゃって、それで……ごめん、姉さん……俺、てっきりオッケーかと思って、ヤクザの——」

そこで訥々《とつとつ》とした謝罪はふつりと途切れた。紗耶は「ミッちゃんっ！」「ミッちゃんっ！」と連呼したが、衣擦《きぬず》れのような音がわずかに返ってきただけだった。

「コレデ悪フザケデハナイトワカッタロウ」

じっとしていられずベッドから立ち上がったとき、また機械じみた声が耳を衝いた。紗耶は窓辺に寄り、マンションの下に不審人物がいないか目視しながら、弟がどんな迷惑をかけたのか尋ねた。しかし相手はそれにこたえず、「コレカラ指示ヲフタツ出ス」と一方的に話を進めた。

「マズヒトツ目ダガ、弟ニ長生キシテホシカッタラ、警察ニハ絶対ニ報《しら》セルナ。我々ノ周リデモシ、ソレラシイヤツヲ見カケタラ、弟ニハ即アノ世へ行ッテモラウ。ワカッタカ」

否定する術《すべ》もなく、紗耶は「はい」と返事した。

「デハ、フタツ目。七時キッカリニ、玄関マデ下リテコイ。モシ一秒デモ遅レタラ、交渉スル肚ガナイモノト見ナス。当然、弟ニハ落トシ前ヲツケテモラウ。オマエガ舐メタ真似ヲシタ分マデナ。ソレガ嫌ダッタラ、七時キッカリニ玄関マデ下リテコイ。イイナ」

恫喝《どうかつ》するように念押しすると、相手は通話を切り上げた。

紗耶は咄嗟に目覚まし時計を見た。液晶のデジタルが『06：49』と表示している。もはや一刻の猶予もなかった。閉じた携帯をベッドに放り、洗面所へ走った。

洗顔、歯磨き、ブラッシング。普段なら十数分費やすところを三分で終わらせた。そうしながら『やはり警察に報せるべきでは』との想いに再三囚われた。これはどう考えても自分の手に負える事柄ではない。が――。

相手がもし本気だった場合、弟はどうなるのか。脅しがハッタリだとしても、いわゆる半殺しの目に遭うことは充分ありうる。

ならば第三者に相談するというのはどうだ。『警察には報せるな』と警告されたが、知り合いに連絡を取ることは禁じられていない。

しかし、その考えもすぐに打ち捨てた。電話の内容を忠実に伝えても、みんながみんな『警察に通報しろ』と口を揃えるに決まっている。たとえそうでなくても、この異常な状況を説明するには、あまりに時間がなさすぎた。相手もそれを見越して十分で出てこいと言ったのだろう。

自室に戻ると最低限のメイクを施し、少しでも強い女に見えるよう、イタリアンカラーの白いブラウスと黒地にピンストライプが入ったパンツスーツで身を固めた。

戸締まりを済ませたとき、腕時計の針は六時五十九分を指していた。紗耶は駆け足でエレベーターに乗り、不安を胸に一階へ下りた。

マンションの玄関を出た先には、見慣れないワンボックスが停まっていた。

恐る恐る近寄ると、車体横のスライドドアが開き、プリントの開襟シャツを着た若い男が降り立った。男の双眸《そうぼう》はサングラスに覆われ、顔つきは判然としないが、崩れた風体がいかなる手合いであるかを物語っていた。

男は「乗れ」と命じるなり、立ち竦《すく》む紗耶の手首を摑んだ。いやッ、と叫んだ紗耶は発作的な恐怖に腰を引いたが、車内から上体を乗り出した別の男に反対側の腕を摑まれ、呆気なくリアシートに押し込まれた。

それを合図にドアが閉まり、ワンボックスが発進した。紗耶は躰を捩って戒めを解き、素早く車内を見回した。だが、助手席にも三列目のシートにも幹久の姿はなかった。

「どこにいるんです⁉　弟はっ」

ドア側に座ったサングラスの男に、嚙みつく勢いで訊いた。すると、頭の後ろから「ごめんね」と場違いな返事があった。

「きみの弟さんは別のとこにいるんだ」

振り向けた視線の先でそう続けたのは、一見、モデルかと想わせる優男だった。言葉遣いがソフトなら、サングラスの男やハンドルを握るパンチパーマの運転手とは異なり、ファッションも洗練されていた。

「いったい何者なんです？　あなたたちは」

「いまは教えられない」微笑みとは裏腹に、優男は言下に一蹴《いっしゅう》した。「その代わり、ささやかなお詫びをさせてもらう。土曜日なのに早起きさせちゃったからね」

お詫び？　と目顔で問うたときだった。サングラスの手が肩口から伸び、湿った布で鼻を塞《ふさ》がれた。同時に後頭部も掴まれる。

うッ、と目尻を裂いた紗耶は、男の手を引き剥《は》がそうとした。だが腕力の差は歴然で、かえって身動きを封じられる結果となった。

ばかりか、くぐもった悲鳴を放つたびに視界がぼやけだした。あわせて周囲の音も遠ざかる。なにか麻酔薬のようなものを嗅がされているのだ。

「ゆっくり眠るといいよ」

薄れゆく意識のなか、恋人に囁くような声がかすかに届いた。紗耶は、判断を誤った己を呪いながら、霞《かす》む目を声の主に流した。

穏やかな語り口にたがわず、優男は柔和な顔をしていた。ほのかな笑みは爽《さわ》やかでさえあった。この犯罪現場で、なぜそんな面持ちでいられるのか。

紗耶は本能的な恐怖を覚えた。直後、頭の中に灰色の靄が立ち籠め、優男の笑顔がフッと暗転した。

5

車から引きずり出され、背中を小突かれながら建物に足を踏み入れると、美冬のマンションで拉致されて以降、およそ二時間ぶりにアイマスクを外すことが許された。

まず目に飛び込んできたのは、畳三枚分はあろうかという風景画だった。博物館風の飾り台の上には、これもまた巨大な壺が置かれていた。向かって右手には緩やかなカーブを描く階段があり、真上に目を移すとシャンデリアのきらめきに瞳を射《い》貫《ぬ》かれた。

幹久が立っているのは吹き抜けの玄関ホールだった。広さはゆうに三十平米はある。装飾品のみならず、造りも立派だった。奥に伸びる板張りの廊下、階段の手摺り、天井に渡された太い梁《はり》。そのどれもに贅が尽くされ、しばし茫然《ぼうぜん》とさせられる。

「さっさとこっちに来い」

兄貴格に一喝され、幹久は慌ててホールに上がった。顎をしゃくったスキンヘッドに従い、建物の奥へと進む。凜《りん》と張り詰めた廊下を一歩ずつ踏み締めるたび、恐怖心がいや増した。だが背後には兄貴格が続き、立ち止まることは許されない。

突き当たりを折れると地下へ下る階段があった。幹久はスキンヘッドの後頭部を見下ろしながら、暗澹《あんたん》たる想いで足を繰り出した。

階段を下りきり、スキンヘッドが正面のドアを開けた。暗闇の中に腕を挿し入れ、照明を灯す。ひとたび振り返ったスキンヘッドに続き、幹久は地下室に入った。

とたんに目が凍りついた。コンクリートの通路が一直線に伸び、その右側が檻になっていたからだ。横幅は十メートル、奥行きも五メートルはあった。天井も四メートル強とかなり高い。前面を塞ぐ鉄柵は一本の直径が五百円玉くらいあり、蛍光灯の青白い光が不気味な存在感を際立たせた。

檻の中には黒いシートで覆った三メートル四方のマットや、X字形をした磔《はりつけ》台、座る人の恰好をしたハイバックチェアなど怪しい器具がずらりと並び、正面の壁には様々なタイプの鞭が吊るされていた。

拷問部屋――。そう、そこはまさに拷問部屋だった。床までコンクリートなのは飛び散った血を洗い流すため……。そんな想像が脳裏を染め、幹久はよろよろと後退った。

だが、柵を開けたスキンヘッドに胸倉を摑まれ、力任せに檻の中へと連れ込まれた。勘弁してください、と懇願してもスキンヘッドの手はビクともしなかった。

「引ん剝いて吊るしますか」

檻の中央まで幹久を引っ張り、あとに続いた兄貴格にスキンヘッドが訊いた。いや、と首を振った兄貴格は正面の壁を指差した。

「そこへ繫《つな》いでおけ」

つられて目をやると、四角い鉄の板がボルトで留められ、黒革のバンドを連結した太いチェーンが中央のリングから伸びていた。

ふたたびスキンヘッドに引っ張られ、幹久は壁際に立たされた。しゃがんだスキンヘッドは慣れた手つきで幹久の足にバンドを巻きつけ、バックルの部分を南京錠でロックした。

「おとなしくしていろよ」

そう言い置き、兄貴格とスキンヘッドが檻を出ていった。ひとり取り残された幹久はドアが閉まる音を聞きつけ、ふうっと息を吐いた。この先もリンチを受けずにいられる保証はない。それでもひとまず安堵《あんど》せずにはいられなかった。

ふと寒気を感じ、ずり落ちた毛布を肩に掛け直したとき、ハイバックチェアの肘《ひじ》掛けから垂れた革のベルトが目に入った。よく見ると、背凭れや足の部分にも同様のベルトが取りつけられている。座った者を拘束する人間の恰好をした椅子。それは産婦人科の診察器具、確か内診台という、あれを連想させた。

医療器具といえば、マットから二メートルほど離れた位置にも診察台に似たベッドが置かれていた。それともう一点。コーナーに置かれたスチールラックには半透明のケースが三段に収納され、その中のひとつに直径六、七センチ、長さは三十センチ以上もある巨大な注射器が突っ込まれていた。

——こんなとこに注射器なんか置いて、どんな意味があるのか……。

使い道はまったくわからない。ただ、ヤクザが手にした瞬間、おぞましい責め具へと変貌するような気がして、幹久は頭上に目を逸《そ》らした。

そしてまた知った。視線の先に異様なものがあることに。

天井は一面、網目状に走る黒いパイプで覆われ、チェーンを垂らした滑車がいくつも吊るされていた。等間隔にスポットライトも取りつけられている。さらには集音マイクだろうか、先端をスポンジで覆ったアームが数箇所から伸びていた。

——この部屋はいったい……。

もはや想像力が追いつかず、幹久は天井を見つめたまま眩暈を覚えた。

6

ぼんやり瞼を開くと、あたたかい光が視界に拡がった。数秒後、ワンボックスに押し込まれるシーンが脳裏をよぎり、紗耶はハッと頭をもたげた。

どこかのホテルだろうか、寝かされていたのは二十畳近くあるクラシカルな洋間だった。逆光に霞む格子窓を眺めつつ、ダブルベッドから静かに上体を起こす。記憶が甦《よみがえ》るにつれ、クスリで無理やり眠らされたことを思い出した。だが頭痛や吐き気はない。視力や聴力も正常に機能していた。多少気怠《けだる》いくらいだ。

見渡した室内に、紗耶を連れ去った三人の姿はなかった。慌てて調べ回した着衣にも乱れはない。ただ、いま何時だろうとスーツの袖を捲ったとき、確かに嵌めてきたはずの腕時計がなくなっていることに気づいた。

携帯や財布を入れたハンドバッグも見当たらなかった。パンプスも脱がされ、代わりに鞣《なめし》革のルームシューズが足下に置かれていた。

時計。携帯。靴。それらが持ち去られた理由はひとつしか考えられない。連絡手段を断ち、逃亡を防ぐためだ。囚われの身になったことを意識すると、背筋がざわりと粟立《あわだ》った。とはいえ手をこまねいているつもりはない。

——とにかく場所だけでも把握しておこう。

そう自らを奮い立たせ、ルームシューズを履いて窓辺に寄ろうとしたときだった。

背後からドアを開く音が届き、紗耶は目を剥いて振り返った。

戸口に立ったのは、紫色のタイトワンピースを着た若い女だった。年齢は紗耶と同じくらい、容貌も体型も非の打ち所がなく、パッと見はセクシー女優を想わせる。肌の色は透き通るように白く、胸元に垂れた茶色いロングヘアも美しいモデル顔によく似合った。

——この人はいったい何者？

胸裡の疑問を、紗耶はそのまま口にした。すると女は「とりあえず名前だけ教えておくわ」と柔らかく微笑んだ。外見にたがわず、対峙する女は声にもつやがあった。

「わたしは葛城美冬。いちおうあなたより歳上だから『美冬さん』って呼んでくれる？」

「どうして歳上だって言い切れるんです？　やっぱりあなたも仲間なんですか？　わたしを拉致した三人組の」

「そんな怖い目で睨まないでよ」言葉とは裏腹に、美冬と名乗った女は余裕の笑みを湛えた。

「話は変わるけど、頭とか痛くない？」

質問を聞き流され、こちらも無視してやろうかと考えた。しかし、ここで反撥《はんぱつ》しても無意味だと思い、紗耶は「平気です」と努めて淡白に返した。

戸口の横には四枚扉のクローゼットがあった。美冬はその抽斗《ひきだし》から白いバスローブを取り出し、それを手にドアを開いた。

「弟さんに逢わせてあげるから、わたしについてきて」

紗耶はうなずき、部屋を出る彼女に従った。

臙脂《えんじ》のカーペットが敷かれた廊下は、しんと静まり返っていた。階段口とその対面にある洗面所を真ん中に、廊下の両側には焦げ茶色のドアが六つずつ、トータルで十二個並んでいる。ここはやはりペンションか観光ホテルなのか？　そう訝《いぶか》りつつ階段口まで進むと、視界が急に開けた。

そこは吹き抜けの玄関ホールだった。俯瞰する一階のフロアは木板張りで、ゆうに十五、六畳はある。装飾品や造作にも贅が尽くされ、とりわけ金色のチェーンで吊るしたゴシック様式のシャンデリアに目がいった。

「ここはどこなんです？」

自ずと足が止まり、前を行く美冬に声をかけた。しかし、振り返った彼女は「余計なことは喋らないで」と質問にはいっさい応じようとしなかった。

緩やかにカーブした階段を下りると、二百号サイズの風景画を横目に玄関ホールを廻った。

先導する美冬は薄暗い廊下を突き当たりまで歩き、左に折れて足を止めた。

「弟さんは、ここを下りたとこにいるわ」

きれいな指が向けられた先には地下に続く階段が伸びていた。紗耶はゴクリと生唾を呑み、弟が待つ地下室へと足を進めた。

階段を下り、スチール扉の前に並び立つと、目でうなずいた美冬がドアレバーを握った。おもむろに開かれたドアの先は、思いのほか明るかった。

ドアを支え持つ美冬に促され、紗耶は恐る恐る地下室に足を踏み入れた。直後、目は丸く見開き、全身に慄えが走った。まっすぐ奥に伸びるコンクリート通路の右側――そこはなんと、監獄のようになっていた。

鉄柵の内側は、テニスコートを四等分したくらいの広さがあった。天井の高さも四メートル以上あり、桝目《ますめ》状の黒いパイプに煌々《こうこう》とライトが灯るさまは、そこだけ見れば撮影スタジオを想わせる。しかし、まぶしさに慣れるとチェーンを垂らした滑車が目に入り、最前のイメージを打ち払った。

怪しい器具は視線を転じた床の上にも散見された。X字形の磔台や巨大な黒いマット、座った人のかたちをした椅子、診察台のようなベッド……。さながらショールームのように、それらが整然と据えられていた。

だが、なにより怖じ気づかせるのは檻の中に立ち並ぶ面々だった。黒いマットの傍らには一目でその筋とわかる男たちが佇んでいた。

一番手前に立つのは和装に身を包んだ六十年輩の男だった。ひとりタバコを吹かし、泰然と構えているが、人品の卑しさが滲み出ている。その背後にはダークスーツを着た四十絡みの男とスキンヘッドの巨漢が控え、さらに紗耶を拉致した三人組と髪をリーゼントにした若者が両脇を固めていた。

「中に入って」

有無を言わせぬ口調で命じられ、死地に赴く想いで鉄柵をくぐった。あとに続いた美冬が開け放たれていた檻の扉を閉める。不穏な地下室にガシャンという音がこだまし、早鐘を打つ紗耶の胸にも深く響き渡った。

「あの人たちの前まで行って」

そっと背中を押され、紗耶は一歩ずつ足を繰り出した。待ち受ける男たちの目前で立ち止まると、紗耶を追い越した美冬が和服姿の男に寄り添った。と同時に人垣が二手に分かれ、その先に弟の姿が現れた。

「ミッちゃん！」

「姉さん！」

弟はベージュの毛布を躰に巻き、壁際に立たされていた。ズボンを穿いていないのか、裾から覗く脛《すね》は剝き出しだった。それだけではない。片方の足には黒革のバンドが巻きつけられ、そこから伸びる太いチェーンによって背後のコンクリートに繋ぎ止められていた。

「なんで弟がこんな目に⁉」

思わず一歩踏み出した。すると、正面に立つ和服姿の男が「俺の女《スケ》を手籠めにしたからだ」と美冬の肩を抱いた。

紗耶は愕然《がくぜん》と立ち竦み、ぐいと首肯した美冬から項垂れる弟に目を移した。「いまこの人が言ったことは、本当なの？」

慎重に問い質《ただ》しながら、激しく否定されるのを期待した。違う、そんなのはデタラメだ、と――。だが、わななく口からこぼれ出たのは「ごめん」という一言だった。

「俺、その女の人を酔っ払いから助けて、それで、一緒にお酒を飲んでいるうちに、なんとなくいい感じになったもんだから、てっきりオッケーなのかと思って……」

あやふやな弁ではあったが、おおまかないきさつは察せられた。いわゆる『美人局《つつもたせ》』に引っかかった可能性もある。とはいえ圧倒的に不利な状況のもと、憶測だけで反駁《はんばく》できるはずもない。殺伐とした男たちを前に、正論を吐く勇気さえなかった。

「俺は天道会五社組の頭目で俵田って者《もん》だが、ヤクザの女に手を出したらただじゃ済まねえってことくらい、あんたみたいなお嬢さんでもわかるだろ？」

勝ち誇った顔で尋ねられ、紗耶は「はい……」と消え入るようにうなずいた。本人が罪を認めている以上、みだりに申し開きはできなかった。

「ましてや手籠めにしたとなりゃ、万死に値するってもんだ」

「そんな、いくらなんでも――」

目を剝いて口走ると、俵田と名乗ったヤクザの組長は『まあ待て』というように掌を掲げた。「堅気の了見からすりゃ、確かに大袈裟《おおげさ》すぎるかもしれんわな。たかが強姦《ツッコミ》したくれえで命《タマ》まで奪《と》られるってえのは。それに、あんたの弟はまだ学生《セイガク》だそうじゃねえか。だからよ、今回だけは譲歩して、そっちのルールで落とし前をつけさせてやる」

「……『そっちのルール』というのは？」

「警察《サツ》に出頭して刑務所《ムショ》に入るか、金で手を打つか、どっちでも好きなほうを選べ」

そう言われたところで端からこたえは決まっていた。たとえ正義やモラルに反しても、弟をみすみす犯罪者にするわけにはいかない。紗耶は良心を捻《ね》じ伏せ、後者を選択した。

「いったい、いくらお支払いすれば……」

「一千万、と言いてえとこだが、もうひとつ譲歩して半値で勘弁してやる」

「……つまり、五百万ということですか」

念を押す声は、無様《ぶざま》なくらい擦《かす》れた。しかし気が遠くなるような金額であっても、この妥協案を蹴るわけにはいかない。紗耶は「わかりました」と諦めまじりに告げ、何年かかっても必ず支払うと続けた。

「おい、そりゃどういう意味だ？」

「ですから、一生かけても約束は守ります」

誠意を込め、紗耶は繰り返した。すると「こりゃ傑作だ」と俵田が噴き出した。後ろに控える手下たちも、みな一様に嗤った。

「このお嬢さん、俺らを相手にローンを組もうとしてやがる」

「そんなこと言われても五百万なんて大金、すぐには揃えられません」

嘲笑を浴び、悔し涙があふれた。ひとしきり嗤った俵田が「交渉決裂だな」とつぶやき、スッと笑みを消す。

「マラ詰めの用意をしろ」

組長の命にリーゼントが「おす」と応じた。相前後して「やだッ、やだあぁッ！」と喚いて弟が頽《くずお》れる。紗耶は目を剝き、身を縮める弟を凝視した。どうやら素っ裸にさせられているらしく、はだけた毛布から太腿が覗いている。彼に歩み寄るリーゼントの手には肉切り鋏《ばさみ》が握られていた。それを見て『マラ詰め』とはなにを指すのか理解した。

――まさかあそこを切り落とそうというの⁉

あまりの衝撃に紗耶の躰は氷結した。思考も麻痺し、取るべき行動がすぐには思いつかない。両手で口許を覆い、ワナワナ慄えている間に、リーゼントは暴れる弟の躰を片膝で押さえつけ、「いまからオカマにしてやっからよ」と残忍に脅した。

「やだッ！　やだッ！　いやだあぁッ‼」

リーゼントの手が毛布の内側に挿し入れられると、抵抗する弟の叫びがより大きくなった。この段になって、紗耶はようやくショック症状から脱した。

「やめてッ！　やめてくださいッ‼」

気がつくと身を絞るように叫んでいた。リーゼントの動きが止まり、一同の目がいっせいに注がれる。弟の絶叫も、はたと途絶えた。

「お願いですから、そんな恐ろしいことはしないでください」

地下室に静寂が降りるなか、紗耶は涙声で懇願した。頬が濡れ、荒い吐息が啜《すす》り泣きに変わる。ややあって俵田の塩辛声が聞こえた。

「この落とし前、あんたがつけるってぇなら、見逃してやらんこともない」

「わたしが……わたしが身代わりに……」

「その言葉に偽りはねえな。マラ詰めの代償はきついぜ」

紗耶はうなずき、覚悟はできています、と血を吐く想いで返答した。「その代わり、弟には手を出さないでください」

俵田はふと考える素振りを見せた。だがそれはポーズにすぎなかった。

「よし、あんたの心意気に免じて今回の件は不問に付してやる」粘つく目をよこし、俵田が居丈高に応じた。「ただし、きっちりケジメてもらうぜ。そのきれいな躰でな」

とどめの言葉に、紗耶は顔を覆って噎《むせ》び泣いた。理不尽に穢《けが》される我が身を憐れみ、雄一への申しわけなさを募らせ、喉を絞って泣きじゃくった。その声に弟の哀泣が重なる。

だが、いつまでも泣き暮れてはいられなかった。

「おい、撮影機材をセットしろ」

鋭く命じる声に、紗耶はハッと掌を外した。

撮影機材――。そう聞こえたのは恐怖からくる幻聴ではなかった。部屋の隅にパンチパーマの運転手ら三人が寄り、それぞれ手にしたのは、あらかじめ三脚が取りつけられたデジタルビデオカメラだった。

紗耶は驚愕の目を俵田に戻した。「なんであんなものを⁉」

「マンコを観ながら一杯やる。ビデオに撮っておきゃ、そういう愉《たの》しみ方もできるじゃねえか」事もなげに言い、俵田はニヤリと嗤った。「といっても、あんたの気持ちもわからんでもない。ビデオを売り捌《さば》かれるんじゃねえかって、そんな心配をしてるんだろ？　けど、そのへんは安心していい。撮った映像はあくまで俺のコレクションだ。滅多やたらと晒したりやしねえよ。あんたがいい子にしているかぎりはな」

わかったか？　そう続けられ、紗耶は泣く泣く首肯した。もし逆らえば映像をばら撒《ま》かれる。それを想うと拒絶はできなかった。

「おやっさん、用意が整いました」

やがて死刑宣告にも等しい声が届いた。紗耶は顔を上げ、霞む目を背後に流した。黒いマットの周りに三台のビデオカメラが設置されている。スポットライトを浴びたマットは一見ステージのように映った。その印象を深めるように、パンチパーマの手には小型のビデオカメラが握られていた。

「でしたらせめて、弟をよそに……」

紗耶は縋る想いで哀訴した。無惨に嬲《なぶ》られる姿を弟には見られたくない。姉として、女として、そう思うのは当然だった。だが、切なる願いは、それもならねえな、という無情な一言によって退けられた。

「てめえがマチガイを犯したせいで身内がどんな目に遭わされるか、とくと見物させて思い知らせてやる」

「お願いです、弟にだけは――」

「駄目だと言ってんだろう！　潔く肚を括りやがれ！」

　ヤクザの本性を現し、俵田がドスを利かせて怒鳴った。紗耶は躰をビクリとさせ、胸を衝く恐怖と惨めさに新たな涙をあふれさせた。弟の前で犯され、その一部始終をビデオに収められる。言語に絶する仕打ちに、屈辱の雫《しずく》が頰を伝った。

「うじうじ泣いてねえで、さっさと上がれ」

　冷徹な声に戻し、俵田がマットを指差した。睫毛を払った紗耶は、しゃくり上げる弟に『ミッちゃん、目を瞑《つぶ》っていて』と心の中で呼びかけ、凌虐のステージに上がった。

「真ん中でストリップしろ。色っぽくな」

　マットの正面に廻り、俵田がいやらしく命じた。その声につられ、おずおずと周りを見渡すと、三脚に載せた固定カメラとパンチパーマが構える小型のハンディカメラが嫌でも目に入った。紗耶は下唇を嚙み、ぎこちなくボタンに指をかけた。

　腰を下ろし、畳んだジャケットの上にスラックスを重ねると、次はストッキングだ、と低い声が浴びせられた。紗耶はゆらりと立ち上がり、ギラつく男たちの視線から顔を背けて片足ずつストッキングを外した。

　ためらえば胸に拡がる羞恥に押し潰されてしまう。ならば気持ちが萎《な》える前に――。そう思い、脱いだストッキングを畳んだスラックスの上に置いたときだった。おっと立たなくていい、と制止の声がかかった。

「そっから先は、俺があとで脱がせてやる」

俵田はニヤリと嗤い、マットに上がった。正座する紗耶の目の前に立ち、躊躇なく下着を脱ぎ下ろす。さらに袖から腕を抜き、腰帯から上をはだけた。

俵田の背中には昇り竜の刺青《いれずみ》が彫られていた。おどろおどろしい絵柄はもとより、色遣いもやたらと毒々しく、戦慄《せんりつ》の目が釘づけになる。そうやって恐怖心をたっぷり煽ったのち、俵田は正面に向き直った。

「さて、次はおめえが俺を愉しませる番だ」

下卑た声で言うや、俵田は両手で裾を掻き分け、剛毛に覆われた股間を突き出した。蛇のようなペニスが眼前に迫り、「いやッ」という悲鳴がこぼれる。だが、矛先を躱すことはできなかった。下から顎を鷲摑みにされ、それでも抗うと鼻を摘まれ、息苦しさに喘いだ隙にペニスが捻じ込まれた。

目を剝いた紗耶は「ううッ」と呻き、激しく首を振った。すると、肉厚の手で頭を押さえつけられ、より深くペニスを咥え込まされた。陰毛に顔をうずめる恰好となり、湧き上がる惨めさに涕泣《ていきゅう》する。しかし凌辱の手は緩まず、耐えがたい責め苦から逃れたい一心で俵田の腿を叩いた。が――。

返ってきたのは容赦ない指図だった。

「ガキみてえに泣いてねえで、ベロと唇でマラをしごけ」

言葉だけに留《とど》まらず、俵田は顎と脳天を摑み、頭を揺すり立てた。充血した雁首や浅黒い棹の部分を舐めるよう命じ、噎び泣く紗耶にそれを実行させた。

「まあこんなもんだろう」

俵田がつぶやき、硬化したペニスが引き抜かれた。しかし気を休めることはできない。次なる辱めによって身も心もズタズタにされる。それを想うと躰がいやおうなく慄えた。

――とにかく死ぬ気で我慢しなくては。

息を整えつつ、挫《くじ》けた心をいまいちど奮い立たせた。だが、付け焼刃の覚悟など、本物のレイプの前では空威張りにすぎなかった。

足下のパンツスーツを蹴散らし、屹立するペニスに怪しげなローションを塗りたくると、俵田がブラウスの襟を摑んだ。一瞬後、音を立ててボタンが弾け、おののく視線の先でブラジャーに包まれた乳房があらわになった。

「いやあああッ!!」

片腕で乳房を隠し、紗耶は半身でマットの上で躄《いざ》った。無理やり犯される恐怖に、正座で痺れた足を懸命に蹴り動かした。

　だがそれは無力にすぎる抵抗だった。

「じたばたするんじゃねえ！」

　罵声を放った俵田は、紗耶の腰を背後から抱え上げ、毟《むし》るようにショーツを引き千切《ちぎ》った。間髪入れず四つん這いのポーズで押さえつけ、紗耶が「いやッ」「許してッ」と泣き叫ぶのもかまわず猛り狂ったペニスで一気に刺し貫いた。

「あああああッ！」

　下腹部で鈍痛が燃え拡がり、髪を振り乱して号泣した。大切な人の笑顔が、美しい想い出が、次々と浮かんでは砕け散った。どんなに泣いても、どんなに祈っても、決して救われることはなく、ケダモノに犯された絶望感だけが胸の裡《うち》を支配した。

「おめえ、純情ぶってる割には、いいお道具を持ってるじゃねえか。こいつぁ『ミミズ千匹』に間違いねえ。抜き挿しするたびに、ねっとり絡みついてきやがる」

　淫靡な嗤いに恥辱を煽られ、紗耶はかぶりを振って泣きじゃくった。恋人にも許したことがない、避妊具をつけない性交に、滂沱《ぼうだ》の涙をこぼした。だが、どこからも情けはかけられなかった。

　じきに獣じみた腰遣いを強め、苦悶に波打つ紗耶の背中に俵田が覆い被さった。肩越しに回した手でブラジャーを摑み、乱雑にたくし上げると、鳥肌が立つ乳房を無造作に揉みしだき、卑猥なタッチで乳首を弄《もてあそ》んだ。

「ああッ、いやッ」

恋人のそれとは異なる独りよがりの愛撫に、紗耶は身を捩った。しかし嫌がれば嫌がるほど、俵田の指は妖しく乳房を這い回り、紗耶の口から擦れた叫びを絞り取った。

そのうち心身を蝕《むしば》む律動が雄々しさを増した。耳に届く凌辱者の息遣いも、にわかに荒くなった。それらが意味するもの——。

紗耶は目尻を裂き、背後を振り返った。視線が交錯するなり、口角から金歯を覗かせて俵田が嗤う。その卑しげな面差しに獣欲の昂ぶりを見取った瞬間、これまでにない絶叫が地下室に響き渡った。

「それはいやッ！　いやあああッ!!」

このまま射精されたら妊娠してしまう——。本能的な恐怖に、紗耶は身も世もなく泣き喚き、手足をばたつかせた。

「いやです！　中には出さないで！　いやッ！　いやあああッ!!」

絶え間なく絶叫し、マットに爪を立てた。掌。肘。膝。爪先。それらのすべてを使い、匍《ほ》匐《ふく》前進するように暴れもがいた。

と、運命の女神が初めて紗耶に味方をした。「いくぞ！」と叫び、捻じ込んだペニスが子宮に押し当てられた直後、真後ろに蹴り出した足が俵田の腿に当たり、脂汗で滑る紗耶の腰から彼の手が外れた。

すかさず紗耶は前に逃げ、正面の鉄格子にしがみついた。冷たい鉄の棒をきつく握り締め、二の腕に顔をうずめて身を小さくした。

「ちくしょう。最後にしくじっちまった」

舌打ちまじりに苦笑し、スッと立ち上がると、俵田はぬめ光るペニスを自らしごきだした。ほどなく「うッ」という呻きが耳に届き、汚濁の精が髪に、ブラウスに、太腿に、シャワーのように降りかかった。

「あぁぁ、いやあぁぁ」

躰を縮めた紗耶は、あふれる涙に噎いだ。ヤクザの恐ろしさ、えげつなさを身をもって思い知り、声を放って泣きじゃくった。

7

地下室の隅に撮影機材を片付けると、マットの傍らに佇む美冬のもとに繁《しげる》が歩み寄った。

繁は撮影を担当した若い衆の中では兄貴分に当たり、俵田が別荘へ赴く際には常に同道している。髪型はパンチパーマ、服装もチンピラルックと見た目はきわめて安っぽいが、元板前だけあり料理の腕は組員随一だった。

「じゃあ、あいつの面倒はお任せします」

虚脱する紗耶を横目で見やり、繁が頭を下げた。美冬は「ごくろうさま」と手間をねぎらい、出口に向かう繁を無表情に見送った。それぞれ型通りの挨拶を述べ、哲平《てっぺい》と正和《まさかず》があとに続く。三人がドアの先に消えると、虚《うつ》ろな静寂があたりに満ちた。

ほかの四人は啜り泣く幹久を連れ、一足先に地下室を出ていた。スポットライトも消され、いまは蛍光灯の冷えた光のみが室内を照らしている。美冬は『拘束台』と呼んでいる人形《ひとがた》の椅子からバスローブを取って戻り、マットに上がった。マットの表面はウォーターベッドと同じ素材が使われており、ヒールが突き刺さる心配はなかった。

マットの中央で立ち止まると、美冬は静かに膝を落とした。見つめる先、手を伸ばせば届くところに紗耶はいる。しかし、鉄格子に肩を預けた彼女は、なにも反応を示さなかった。濡れた瞳は焦点を失い、捲れたブラジャーからは豊かな乳房がこぼれるままになっている。千切れたブラウスには精液がべったりと染みつき、ひどく生臭かったが、絶望に暮れる彼女がそれに気づく様子はなかった。

そんな姿を間近で捉え、美冬はふと、かつての自分とだぶらせた。

あれは、三年前の一月のことだ。

銀座のホステスは『売上げ』と『ヘルプ』の二種類に分けられる。時給もしくは日給いくらで雇われる『ヘルプ』に対し、一定額の収益を店側に納め、残りを自分の取り分とするプロ中のプロを『売上げ』と呼ぶ。この『売上げ』になると高収入が見込める反面、パンクした得意客のツケを肩代わりしなければならなくなる。紗耶と同じ二十五歳のとき、美冬もそれで天狗の鼻をへし折られた。

多額の借金を背負った『売上げ』は、たいてい風俗に流れる。中でも吉原に行くのが常道とされていた。金策が尽きた美冬もそのパターンを踏襲するつもりだった。ところが日本一を謳《うた》った高級ソープと契約する直前、俵田が借金を立て替えてくれたのだ。

もちろん、この申し出には『愛人になる』というお決まりの条件がついていた。だが美冬は、ヤクザの情婦《オンナ》になることを厭《いと》わなかった。むしろこれはチャンスだと喜びさえした。関東有数の組長から寵愛を受ければ、自分の店を出すことも夢ではない、と。

実際、俵田が贔屓にする会員制クラブに移籍するや、三カ月でトップに昇り詰めた。一晩の指名数が二十本を超えたこともあり、収入は大幅に増えた。

ただし、この世の春はそう長くは続かなかった。

年が明け、松の内を過ぎた頃、関西きっての指定暴力団〈和合会〉の幹部が俵田を訪ねてきた。その幹部と俵田は俗に言う『刑務所《ムショ》仲間』で五分の盃を交わしていた。つまり兄弟分でもあるわけで、新年の挨拶に訪れた義兄弟をもてなすべく、俵田はセックスの相手をするよう美冬に命じた。

初めはなにもかも甘受するつもりだった。いっとき我慢すればいいだけの話だ、と自らを言い含めて。しかし——。

ベッドで耳にした要求はとても許容できるものではなかった。儂《わし》はあんたみたいな別嬪さんにションベンを飲ませるのが大好きでの——。美冬にペニスを咥えさせた幹部はそう嗤い、口の中に放尿しようとしたのだ。

冗談じゃない、と美冬は無我夢中で幹部を突き飛ばし、頭を抱えて呻いている隙に寝室から逃げた。素肌の上に直接コートを羽織り、ホテルを出ると、拾ったタクシーの中で声を殺して泣いた。

その夜を境に美冬の人生は一変した。

激昂《げっこう》した俵田は「ペットの分際で恥をかかせやがって」と大声で喚き、平伏《ひれふ》す美冬を執拗に蹴りつけた。それだけでは収まらず、数日後、帰阪した義兄弟に美冬の身柄を引き渡した。事前に『煮るなり焼くなり好きにしてくれ』と電話を入れたうえで。

頭に包帯を巻いた幹部は涙まじりの謝罪にいっさい応じず、屋敷の離れに美冬を監禁した。そして手足を麻縄で縛っては想像を絶するプレイで弄んだ。一通り欲望を果たすと、部屋住みのチンピラや来客にも美冬の躰を自由にさせた。

それから約三カ月、美冬は昼も夜もなく犯され続けた。大広間に引き立てられ、居並ぶ客の前でセックスショーを強制されもした。ショーの考案者はサディストゆえ、その内容も『異常』の一言に尽きた。全身に彫り物をしたヤクザ。悪臭を漂わすホームレスの一団。身長二メートルを超える黒人の元アメリカ兵。毎回変わる凌辱者から、ありとあらゆる責めを受けた。そしてついには犬とまでも……。

いま振り返ってみても、よく耐えきれたと思う。躰に変調を来たし、それが幸いして東京に送り返されることになったのだが、その日があと一週間遅かったら発狂していたかもしれない。少なくとも半月より長くは持たなかっただろう。

あのときの自分に比べたら、紗耶が受けた辱めなど児戯にも等しい。だからといって、心と躰に負ったダメージを軽視するつもりはなかった。女にとってレイプほどむごい仕打ちはない。その忌まわしさを身をもって知っているだけに、放心する彼女は血を分けた妹のように感じられた。

とはいえ情にほだされる気はいっさいなかった。わたしには権力を手に入れなければならない理由がある——。それを叶《かな》えるためなら悪魔に魂を売り渡し、鬼畜に成り下がることも厭わなかった。

「紗耶、これに着替えて」

あえて名前で呼び、彼女のほうへバスローブを滑らせた。だが、濡れた瞳をわずかに流すだけで、鉄格子に凭れた躰を動かそうとはしない。ここは荒療治が必要かと、美冬はブラウスの上から手首を摑み、無理やり上体を引き剝がした。

「いつまでそうやって泣いているの？」

理不尽な言い種《ぐさ》だと自覚しつつ、撥ねつけるように問うた。すると、ようやく紗耶が首を回した。美冬を見つめる双眸には恨めしげな色がある。かすかに敵意も垣間見えた。どうやら彼女の心は死んでいないようだ。そのことに深く安堵し、美冬はもう一度バスローブを着るよう勧めた。

紗耶はまず、たどたどしい手つきで捲れたブラジャーをもとに戻した。次いで片方ずつブラウスの袖から腕を抜く。この段になって初めて精液の匂いを意識したらしく、哀しげに伏せた目がまた潤んだ。ただ、最前のように悲嘆に沈むことはなく、睫毛を払いながらバスローブを羽織った。

それから束の間、無言の時が行き過ぎ、紗耶が先に口を開いた。

「わたしがこういう目に遭わされることを、あなたは知っていたんですね？　あらかじめ着替えを用意しておいたということは」

美冬は「ええ」と躊躇なくうなずいた。「あれがヤクザの遣り方だから。かわいそうだけど、あなたは当分ここで暮らすことになるわ。弟さんも」

「そして、さっきみたいに慰みものにされるんですか」

紗耶の顔は泣くのを堪える幼子を想わせ、切なく心を締めつけた。そうした感情を排し、ええそうよ、ときっぱり返す。

「くどいようだけど、あれがヤクザの遣り方なの。相手のことなんて、これっぽっちも気にかけない。自分の欲望を満たすためなら、なんだってやる。そういう人種なの」

悲痛に顔を歪め、紗耶はポロリと涙した。「じゃあわたしは、性欲の捌《は》け口にされるんですか？　これから毎日、あの人たちの」

「生まれ変わるしかないわね。娼婦みたいに」明確な肯定は避け、教え諭す口調で美冬は言った。「どんなことを要求されても拒まない。割り切って誰にでも抱かれる。そうする以外、あなたが生きていく術はないわ」

「そんなの無理です！」

「やるしかないの。あなたが取引した相手はヤクザなのよ、何度も言うけど。泣こうが喚こうが一旦やると決めたら絶対にやる。それでも従わないときは容赦なくリンチにかける。拷問といってても過言ではないくらいの。そんなのにあなた、耐えられる？」

紗耶は泣き顔を伏せ、胸元に垂れた長い髪を左右に揺らした。

ここで慰めに転じるのは無意味だった。必要なのは覚悟を促すことだ。

「だから生まれ変わるしかないの。なんでも言うことを聞く、従順な娼婦に」

美冬は噛んで含めるように念を押した。じきに憐れな女の哀泣が暗く沈んだ地下室に響き渡った。

8

「いつまでもメソメソしてんじゃねえ！」

耳許でスキンヘッドに怒鳴られ、幹久は俯《うつむ》いたまま「すいません」と謝った。だが、嗚咽《おえつ》はあとから込み上げ、引き攣った泣き声を洩らしてしまう。涙も止まらなかった。頬を伝った涙は鼻水に混じり、顎から滴り落ちては躰に巻いた毛布を点々と濡らした。

「てめえ、素っ惚けてんのかっ!!」

ふたたび胴間声が響き、肉厚の手で後頭部をはたかれた。怒りに任せた一撃で、幹久の躰は呆気なく横倒しになる。もとより、姉がレイプされるところを目《ま》の当たりにしたショックで足下がおぼつかなくなっていた。

「三郎《さぶろう》さん、そのへんでやめましょうよ」

突っ伏した幹久をスキンヘッドが足蹴にしようとしたとき、ホスト風の二枚目が制止に入った。振り上げられたスキンヘッドの——三郎と呼ばれた巨漢の足がピクリと震え、カーペットに下ろされる。その隙に、幹久はよろよろと立ち上がった。

「おう俊也。おめえ、俺に指図する気か」

二枚目のほうに躰を回し、押し殺した声で三郎がすごんだ。だが、俊也という二枚目はまったく動じず、蛸《たこ》入道のような凶相を柔らかい目で見返した。

「彼の面倒は俺が見る。それなら文句ないでしょ？」

「こいつが不始末をしたときゃ、おめえが落とし前をつけるってのか」

「もちろんそのつもりです」

ジロリと俊也を睨み、だったら好きにしろ、と三郎が踵《きびす》を返した。肩を怒らす後ろ姿は、本人の目論見《もくろみ》とは裏腹に、腕力しか取り柄がない駆け出しのチンピラを想わせた。

「いま着替えを持ってきてやるよ」

気軽に請け負い、俊也も部屋を出ていった。ひとり取り残された幹久は、ずり落ちた毛布を掛け直し、傍らのベッドに腰を下ろした。

連れ込まれたのは三十平米くらいの洋間だった。向かって正面にはリビングボードとドレッサーが並び、入口の脇にはクローゼットが、格子の窓の下には二人掛けのテーブルが据えられている。建物と同じく、それらの家具も使い込まれた感があった。座っているダブルベッドもどことなく古臭い。そんななか、リビングボードの液晶テレビとDVDプレイヤーだけが異彩を放っていた。

カーペットを照らす陽の光につられ、幹久は窓の外に視線を移した。格子の影を透かして秋の青空が見える。物音はなにも聞こえず、場違いなほど穏やかだった。

毛布に顎をうずめ、幹久は瞼を閉じた。にわかに凄惨なレイプシーンが甦ってくる。泣く泣くストリップに応じる姉。顔を真っ赤にしてペニスを咥える姉。彫り物をしたヤクザに背後から犯され、髪を振り乱して泣きじゃくる姉……。そのどれもが現実であり、幹久の心を粉々に打ち砕く。

地下室にこだました絶叫も、鼓膜にこびりついて離れなかった。

心労で倒れた母が息を引き取ったとき。株に失敗した父が憔悴の果てに亡くなったとき。それ以外にも姉の涙は何度か目にしていた。だが、あそこまで泣き狂うさまは、いまだかつて見たことがない。

姉は来年、結婚する予定だった。フィアンセの園垣雄一はエリート広告マンで、見た目も人柄も非の打ち所がなく、たびたび理想のカップルとして持て囃《はや》された。そんなふたりが幸せになることを、幹久も心から願ってきたつもりだった。それなのに……。

自らの過ちで姉を地獄に突き落としてしまった。女性にとって死ぬよりもつらい目に遭わせてしまった。それを想うと目頭がまた熱くなる。

——姉さん、ごめん……。

心で詫び、ポロポロ涙をこぼした。この一時間で数年分は泣いたというのに、あとを絶たずに涙があふれてくる。それでもひとしきり噎び泣くと、ようやく嗚咽が収まった。

ほぼ同時に俊也が戻ってきた。幹久は目尻を拭《ぬぐ》い、ベッドから腰を上げた。

「こんなもんしか見つからなかったけど、裸でいるよりはマシだろ」そう笑い、俊也は黒いジャージの上下と白いTシャツ、それにチェック柄のトランクスをよこした。「サイズはLで大丈夫だよな？」

はい、と幹久はこたえ、礼を述べて受け取った。ナイロン地のジャージは使い古しのようだが、残りのふたつはパッケージが開封されていなかった。こんな状況でも誰かが使った下着はやはり身につけたくない。なにより人間として扱われることを、いまは拠《よ》り所にしていたかった。

着替えを済ませると、窓辺のテーブルで一服する俊也に「あの――」と声をかけた。細長く紫煙を吹き上げ、俊也が『なんだい？』といった目を流してくる。弱気を振り払い、幹久は先を続けた。

「あなたはどうして、こんなに親切にしてくれるんですか」

俊也は「ん？」と小首を傾《かし》げ、口許をくつろげるや、テーブルに投げ出していた長い足をカーペットに下ろした。「その返事はあとに回すとして、歳下の男から『あなた』って呼ばれるのは、なんとなく気持ちが悪いな」

ではなんと呼べばいいのか。そんな目で見返すと、彼はフルネームを告げ、仲間内と同じく『トシさん』もしくは『俊也さん』と呼ぶことを認めた。本人いわく『川越さん』と苗字で呼ばれるのも好きではないらしい。そこで幹久は『俊也さん』と言い直し、最前の質問を繰り返した。

「ぶっちゃけ、きみには利用価値があるからね。といっても客人扱いはしないよ。便所掃除から汚れ物の洗濯まで、きみには雑用をやってもらう」

「それは、いつまで、ですか」禁句だと思いつつ、あえて訊いた。「僕たちは一生、ここから出られないんですか」

タバコを揉み消し、俊也が表情をやわらげた。「一生っていうのは、ちょっと大袈裟だな。

ま、でも、一週間かそこらで解放されるなんてことは二百パーセントない」

「……その間、僕の姉は……」

「うちの姐さんはきみにレイプされた。そして、きみのお姉さんも組長《オヤジ》にやられた。だからおあいこって考えてるのかもしれないけど、それは甘いな。きみは三発やったんだろ？　だったら単純に、こっちは九発やらなければ収まりがつかない。仇と恨みは三倍返し。それがヤクザの流儀だからね」

「じゃあ……」

「お姉さんには、きっちり落とし前をつけてもらう。だからって、ＡＶやエロ小説みたいに家畜のように扱ったりはしないよ。ここと同じ来客用の部屋で寝起きさせるし、飯も三食きちんと出す。もちろん一日中、素っ裸でいさせるなんてこともしない。それには条件がつくけどね。『俺らの命令には素直に従う』っていう」

その点はきみも同じだ、と俊也は続けた。もし歯向かったらリンチにかけるよ。淡々とした語り口で、そんなふうにも脅された。

だが、後半のくだりは、ほとんど頭に入ってこなかった。姉の行く末を想うと胸奥はまた自責の念一色に染まり、力なく腰を落としたベッドの上で幹久はガクリと項垂れた。

9

地下室で犯されたあと、美冬の勧めに従い、紗耶は躰を清めた。一階の風呂場は十畳前後の広さがあり、檜《ひのき》の湯船にはお湯が張られていた。しかし入る気にはなれず、シャワーを浴びるに留めた。その分、渡されたスポンジで肌をゴシゴシ擦った。お湯に叩かれながら、ひとしきり涙もこぼした。脱衣所に美冬がいたので泣き声こそ抑えはしたが、レイプされた記憶はそう簡単には洗い流せず、あとを絶たずに涙はあふれた。

弱気を払い、風呂場から出ると、ふたたびバスローブを羽織った。その際、衣類を買ってくるからとスリーサイズを訊かれた。足の大きさやブラジャーのカップまでも。

それが済むと最初にいた部屋——意識を取り戻した洋間に通された。当分ここで暮らすことになる。そう念を押した美冬の手により、やがて食事が運ばれてきた。

テーブルに並んだのは、カルボナーラ、コーンポタージュ、シーザーサラダの三品だった。てっきりろくな食事はさせてもらえないと早合点していたので、女性向けランチのような洒《しゃ》落《れ》たメニューに目を瞠《みは》らされた。すると、組員の中に元板前がいることを美冬が教えた。それは、ワンボックスを運転していたパンチパーマの男だった。簡潔な説明を受け、彼の名が山井《やまい》繁であることも知った。

美冬が退室すると、紗耶は虚ろな目を料理に落とした。そしてフォークもスプーンもプラスチック製であることに気づいた。おそらく凶器として用いられることを防ぐためだろう。あるいは自殺するとでも思ったのか。ひとつ確実に言えるのは、見た目とは異なりヤクザはきわめて用心深いということだ。それはとりもなおさず、外部と連絡を取ったり、逃走したりすることが事実上、不可能であることを示唆していた。

もはや助かる術はないのか。そんな諦念が湧き起こり、食事には手がつけられなかった。朝からなにも食べていないので空腹ではあったが、なかなか料理に手が伸びず、気がつくと窓の外ばかり眺めていた。

そうして日が暮れはじめた頃のことだった。廊下から物音が届き、ドアの先がにわかに騒がしくなった。床に紙袋を置く音や、金属製のものがカチンとふれあう音、それに傍若無人な足音が入りまじる。

じきに軽やかなノックがあった。紗耶は無言で腰を上げ、ドアを見つめて身構えた。

「着るもの、買ってきたわよ」

ドアを開け、クローゼットに足を向けた美冬の手には、大ぶりの紙バッグが提げられていた。あとに続いた組員ふたりも同様だった。

美冬たち三人は廊下と部屋を二往復し、色とりどりの紙バッグをクローゼットの前に並べた。その数およそ二十五個。量もさることながら、大半の紙バッグに高級ブランドのロゴマークが入っていた。

唖然《あぜん》と立ち尽くしていると、小ぶりの紙バッグを提げ、美冬が目の前に立った。

「デパートを駆けずり回っちゃった」ずらりと並んだ紙バッグを一瞥し、美冬が無邪気に言った。「ただ、和服だけはわたしの持ち物だけど」

「和服？」予想外の言葉に、紗耶は上擦った声で復唱した。「どうして和服なんて」

「組長に命じられたからよ。あなたに似合いそうなやつを持ってこいって。買ってきたお洋服もそう。どれも組長の好みを優先しているわ。チャイナドレスとか、ボディコンのワンピースとか。もちろんランジェリーもね」

おそらく扇情的なデザインのものだろう。そんな下着など身につけたくない。紗耶の胸に反撥心がもたげた。だが、睨みつけるまでには至らなかった。退室していた組員たちが戻ってきたからだ。彼らはそれぞれビデオカメラや撮影用のライトを肩に担いでいた。

——また犯される⁉　裸で泣き喚く姿を撮られる‼

おぞましい記憶でたちまち頭がいっぱいになり、紗耶はバスローブの上から自分の躰を抱き締めた。背筋が粟立ち、交差させた腕がブルブル慄える。

「そんなに怯えないで」

紗耶の二の腕に手を添え、静かな口調で美冬が言った。声音に劣らず、面差しも存外やさしげだった。それでつい縋る想いが口からこぼれた。

「だって、またひどいことを……」

「確かに、決して喜ばしいことではないわね、あなたにとっては。でも、セックスの相手をさせられるよりは断然マシよ。時間にしたって十分もあれば済むことだし」

「いったい、なにをするつもりなんです？」

「下の毛を剃《そ》るの。ツルツルに」

初めはなにを言っているのかわからなかった。だが、一拍遅れて理解に及ぶや、紗耶はハッと凍りついた。陰毛を剃り上げられる――。そんな変態じみた辱めなど、とうてい受け容れられない。

「いやですッ、そんなことは絶対にいやッ」髪を振り、紗耶は躰全体で拒絶した。「お願いだから、そんな馬鹿なことはしないで」

しかし涙まじりの哀訴は、緩やかな首の一振りによって退けられた。

「かわいそうだけど、あなたに拒否権はない。地下室でも言ったでしょ？　どんなに嫌がってもヤクザは容赦しないって。だから諦めて従うしかないの。でないとリンチを受けることになるわ。それも教えたわよね？」

　紗耶は目を閉じ、顎を引いた。口を開けば泣き崩れてしまいそうな気がして、声に出して返事はしなかった。

「ついでだから、みんなの名前を教えておくわ」ベッドの際でセッティングに勤《いそ》しむ組員らに、美冬が横目を流した。「そのほうがあとあと困らないから」

「別に名前なんて知りたくありません」

　萎えていた反撥心が息を吹き返し、紗耶は精いっぱい強がってみせた。しかし美冬は意に介さず、泰然とした面持ちで「そんなこと言わないで」と窘めた。

「今後『誰それに何々をしろ』って命じられることもあるから、いまのうちに知っておいたほうがいいわ。いざそのときになって『それは誰？』なんて訊いたら、折檻されるに決まっているもの。『名前くらいきちんと憶えておけ』って」

　美冬の言い分は難なく呑み込めた。この半日で、常識やモラルが通用しない相手であることは身に沁《し》みて理解している。納得の色が面に出たらしく、美冬がビデオカメラを担当するリーゼントの男を指差した。

「まず彼だけど、名前は青木《あおき》哲平。で、右の彼は内倉《うちくら》正和。マーちゃんと逢うのは、これで三回目よね？　車の中と、地下室と」

紗耶はうなずき、いかにもチンピラ然とした柄物シャツの男をちらりと見た。いまはサングラスを外しているが、クスリを嗅がせた人物に相違ない。

「それと、ワンボックスに同乗したイケメンは川越俊也。で、ダークスーツを着た強面《こわもて》の人が稲葉征二。あと、スキンヘッドの大男がいたでしょ？　彼は宅間《たくま》三郎。わたしと組長、それに元板前のシゲちゃんの名前はもう知ってるわよね？」

ふたたび紗耶はうなずいた。すると、美冬の目がベッドと反対方向に流れた。

「じゃあ、そこに座って」

指示に従い、紗耶はドレッサーの丸椅子に腰を下ろした。反撥心は消え失《う》せ、鏡に映る諦め顔の女を憐れむ目で見つめた。

そんな紗耶をよそに、ドレッサーの脇に立った美冬が、手に提げた紙バッグから次々と化粧品を取り出した。フェイシャルパウダー、乳液、ファンデーション、口紅、アイシャドウ、チーク、マスカラ、クレンジングオイル、ヘアスプレー、マニキュア……。またたく間に天板の上は化粧品で埋め尽くされ、紗耶の目を白黒させた。衣類と同じく、いずれも高級ブランドの製品だった。カラーバリエーションもやたらと豊富で、ファンデーションは四タイプ、口紅とリップグロスに至ってはトータルで十色以上あった。

「ここにいる間は、これらを使って念入りにお化粧してもらうわ」

空になった紙バッグを折り畳み、美冬が言った。紗耶はベッドに腰掛ける組員ふたりと撮影機材を鏡越しに見やり、潤んだ目で美冬を振り仰いだ。

「きちんとメイクするのは、カメラ写りをよくするためですか」

「結果から考えると、返事は『イエス』ね」適当にはぐらかしたりせず、美冬は言下に認めた。「これからきっと、どぎついメイクをさせられたり、商売女みたいな恰好をさせられたり、いろいろ耐えがたい目に遭わされると思うわ。でも、あなたは黙って受け容れるしかない。弟さんの身代わりになるって約束したんだから」

そこを突かれると、もうなにも言い返せはしなかった。紗耶は目尻を払い、今回はいつものメイクでかまわないわよ、という美冬の指示に従って、普段と同じ化粧を施した。

「紗耶、きれいよ」

メイクを終えると、鏡を覗いた美冬がたおやかに微笑んだ。そして紗耶の肩に手を添え、ベッドのほうへ行くよう促した。

紗耶は顎を引き、椅子から腰を上げた。心を奮い立たせ、ベッドに向けて歩きだす。しかし下劣なヤクザに性器を晒し、陰毛を剃り上げる場面をビデオに撮られるいとわしさに、繰り出す足は次第に重くなった。

「やっぱりいや……」

ひとたび心が折れると、しばたたく目にまた涙があふれた。だが、そのまま涕泣することはなかった。おい、いいかげんにしろよ、と苛立《いらだ》たしげな声を浴びせられたからだ。

「さっきから俺らは待ってんのに、いつまでもグズグズしやがって」

眉を逆立て、哲平がベッドを廻る素振りを見せた。と――。

「ちょっとテッちゃん、いまの言い種はなに？」

つと紗耶の脇を擦り抜け、美冬が間に割って入った。組長の情婦と一介の組員。力関係は歴然としており、彼女の肩越しに見える哲平の顔はたちまち蒼褪《あおざ》めた。

「この娘はね、これから死ぬほど恥ずかしい想いをさせられるの。なのに『グズグズしやがって』なんてよくも言えたわね。あなたもし『指《エンコ》を詰めろ』って命じられたら『はい、わかりました』って躊躇なく落とせる？　できないでしょ？　それとおんなじよ」

一息に捲し立てられ、哲平は「すんません」と謝った。泳ぐ目には戸惑いが滲んでいる。想いは紗耶も一緒だった。彼女はもしや味方なのか？　これまでの言動からも百パーセント敵視することはできず、躰を張った庇い立てに惑乱はいや増した。が――。

驚くのはまだ早かった。こちらを振り返り、美冬はこう宣言したのだ。

「まず手始めに、わたしが剃られるわ」

紗耶はもちろん、哲平と正和も目を丸くした。美冬の口を衝いた一言は、それくらいインパクトがあった。

「姐さん、そいつはまずいっす」

いち早く哲平が言った。そうっすよ、おやっさんに叱られます、と正和がすぐさま同調する。しかし美冬は意志を曲げず、腰が引けた哲平に「道具をちょうだい」と命じた。それでも哲平がためらっていると、先ほどの当て擦りだろう、グズグズしないで、と厳しく急き立て、おずおずと差し出された剃刀《かみそり》とシェービングフォームを無造作に受け取った。

「紗耶、わたしが先に剃られれば、あなたも少しは気が楽になるでしょ？」

美冬の顔はやさしげだが、ジョークで済ますつもりでないのは明白だった。その証拠に、紗耶は手にいつの間にか剃刀とシェービングフォームを握らされている。

「撮りたければ撮りなさい」

狼狽する哲平と正和にそう告げ、美冬がワンピースのジッパーを引き下ろした。片方ずつ腕を抜き、ストンと足下に落とす。直後、ふたりの目がハッと見開かれた。

紗耶も息を呑んだ。それほどまでに美冬の下着姿は美しかった。半切りのメロンを想わせる乳房。艶めかしく縊れたウエストライン。引き締まり上を向いたヒップ。理想的な曲線を描く長い足……。美冬のプロポーションは見るからに日本人離れしていた。それゆえ海外ブランドの製品だろう、セクシーな下着がよく似合った。中でもガーターストッキングの妖艶さに目が惹きつけられた。

ただし、いつまでも見惚《みと》れているわけにはいかなかった。剃刀とシェービングフォームを渡したのは、わたしに剃れということだ——。そう確信した紗耶は、美冬の手がショーツにかかるのを見るや「待って！」と叫んだ。どうせ剃られるなら嫌なことはひとつでも減らしたかった。

「もうやめてください。おとなしく言うことを聞きますから」

泣く泣く覚悟を口にすると、美冬は『わかった』というようにうなずき、ベッドに寝るよう指示した。紗耶はそっと目を瞑り、剃刀とシェービングフォームを彼女に返してベッドに上がった。

シーツに躰を横たえると、ベッドの対角線上に置かれた四台のライトがいっせいに灯った。足元のマットが沈み、名前を呼ばれる。顔を起こし、強烈な光に目を細めながら声がしたほうを見ると、膝の横で美冬が正座していた。彼女は下着姿のままだった。

「じゃあ、足を開いて。角度はそうね、三十度くらいまで」

ややあって最初の指示があった。紗耶は目を閉じ、強張る足をゆっくり開いた。まだバスローブを羽織っているので激烈な羞恥は襲ってこないが、指定された角度まで足を開くと裾がはだけ、ふくらはぎや内腿にライトの光を感じた。それはとりもなおさず、レンズがそこに這っていることを意味していた。

「タオルで蒸すからバスローブを捲るわよ」

両足の内側に移動したらしく、事務的に告げた美冬の足が踝《くるぶし》に当たった。いよいよ恥ずかしいところを見られる――。そう思うと恥辱と恐怖が一気に湧き立ち、紗耶はシーツを握り締めた。ブラジャーはつけていたが、揃いのショーツは俵田に引き千切られてしまったので、下半身は素っ裸だった。

ほどなくタオルを絞る音が聞こえ、美冬がバスローブの裾を開いた。股間を覆っていた繊維の感触が遠ざかり、じかに部屋の空気に撫でられる。瞬間、頭の芯で羞恥が弾け、紗耶は「早くタオルを当ててください」と先を急がせた。一秒でも早く性器を秘したい一心で、ちょっと熱いわよ、という前置きにも言下にうなずいた。

股間に蒸しタオルが当てられると、無意識のうちに深い溜息が洩れた。それは最も敏感な部分をあたためられ生理的に口を衝いたものなのか、あるいは血を吐くような羞恥からいっとき逃れられた安堵なのか、自分でもよくわからなかった。

「そろそろ柔らかくなってきたかしら」

じっと仰臥した状態で数分が過ぎた頃、美冬の声が静寂を破った。ふと瞼を開き、顔を起こすと、右手に剃刀を持つ姿が目に入った。彼女の背後にはハンディカメラを構えた哲平が中腰で佇み、タオルを当てた股間をレンズで狙っていた。紗耶は枕に頭を沈め、潤んだ目をきつく閉じあわせた。

「じゃあ、膝の裏側を持って、両足を開いてくれる？」

スプレー缶を振るカシャカシャという音に、美冬の声が重なった。恥じらいに染まった頭で、耳に届いた言葉をぼんやり反芻《はんすう》する。一瞬後、紗耶はハッと目を開いた。彼女が指示したのは、仰向けになったカエルのような屈辱きわまりないポーズだった。

「そんな恰好、できません！」

気がつくと頭をもたげ、反駁の叫びを放っていた。美冬を睨む目から堪えきれず涙がこぼれる。しかし彼女は『ならいいわ』とは言ってくれなかった。代わりに聞こえてきたのは説得の言葉だった。

「気持ちはわかるわ。でも、足を伸ばしたまんまだと、ものすごく剃りづらいの。当然、時間だってかかる。だったら、ここはぐっと我慢して早めに終わらせちゃったほうがよくない？　もちろん、わたしもてきぱきやるわ。だから、ね、言うとおりにして」

憐れむ物言いに負け、紗耶は起こしていた頭を仰け反るように落とした。霞む目を薄く開き、身投げする想いで両足を引き起こしてゆく。いまいちど羞恥を断ち切り、慄える手で膝の裏を摑むと、ゆっくり左右に倒した。

アルファベットの『M』のかたちに割り開いたところで、股間を覆っていた蒸しタオルが取り除かれた。間を置かず陰毛にシェービングフォームが吹きつけられ、丹念に塗り拡げられる。美冬の指遣いは滑らかで、場違いにも女の繊細さを感じた。

「じゃあ、いくわね」

陰部に刃が押し当てられ、肌を滑った。ゾリッ、という音とともに引き攣るような痛みが駆け上がり、紗耶は顔をしかめた。その拍子に、瞳を覆った涙がこめかみを流れ落ちた。

ゾリッ、ゾリッと陰毛を剃り上げる音は、その後も間断なく届いた。鋭い刃が陰部を這うたび女のプライドも削《そ》ぎ落とされていくような気がして、ときおり支え持つ足がピクリと跳ねた。だが、どんなに不快感に囚われようと、身悶《みもだ》えたり、喘ぎを滴らせたりはしなかった。いわばそれが最後の意地だった。

そうして五分ほど耐え忍んだとき、剃刀の感触がふいに消え失せた。あたたかい濡れタオルが当てられ、股間を丁寧に拭われる。それから束の間の空白が流れ、ようやく待ち望んだ言葉が聞こえた。

「終わったわ」

紗耶は瞼を開け、おもむろに顔を起こした。美冬がうなずくのを確認し、足を伸ばすと同時に捲れたバスローブをもとに戻す。間を置かず膝を抱えて身を縮こまらせた。

それからどれくらい経ったのだろうか。名前を呼ばれ、紗耶はテーブルを見やった。哲平と正和はすでに退室しており、ワンピース姿に戻った美冬だけが紫煙をくゆらせていた。

「あなたもこっちに来ない？」

そう言われても、即座に『はい』とは返せなかった。いくら命令とはいえ、彼女はひどい仕打ちをした張本人だ。ましてや陰部を見られた気恥ずかしさもある。しかし「ちょっと話したいことがあるの」と続けられ、紗耶はベッドを下りた。

ルームシューズを履き、美冬の向かいに座った。退室するついでに哲平たちが持っていったらしく、食べ残しの昼食はテーブルから消えていた。

話があると呼んだにもかかわらず、美冬は夕闇が迫る窓の外を眺めるばかりで口を開こうとはしなかった。そこでドレッサーの上やクローゼットの前をぐるりと見回し、紗耶のほうから会話の口火を切った。

「半日足らずで、よくあそこまで買い集められましたね」

「それって誘導尋問？　場所を特定するための」灰皿にタバコを押しつけ、美冬は苦笑した。「あまり素っ気ないのもなんだから少しヒントを与えるけど、だいたい二時間よ、買い物にかけたのは。ちなみに往復は三時間ってとこかしらね」

「帰ってくるときは、どうやって？」

「ん？」美冬が小首を傾げた。「なぜそんなことを訊くの？」

「そこの、庭の先にある駐車場には車の出入りがありませんでしたから。お昼以降は」

「ずっと外ばっか眺めてたってわけね」得心顔をなごませ、美冬も庭を見下ろした。「確かにあなたの言うとおりよ。車を停めたのは、あそこじゃない。大サービスで教えちゃうけど、この建物には裏から入れる道がもう一本あるの。――だからって妙な考えは起こさないでよ。たとえチャンスがあったとしても」

紗耶はぐいと首肯した。ここに捕われているのは自分だけではない。弟がいる。それができるかどうかは別問題として、もし逃げ出そうものなら彼にどんな危害が及ぶのか――。考えただけでも鳥肌が立った。

「なんでも素直に従っているかぎり、わたしはあなたの支えになるつもりよ」

視線が絡みあい、沈黙の時がまた行き過ぎた。今度は美冬が先に口を開いた。スッと居住まいを正したその仕草から、なにか重要なことを告げるのだと察した。

「いまから言うことをよく聞いて」紗耶がうなずくのを見て、美冬は先を続けた。「いつも美しくいるために毎日メイクはしっかりする。これはさっきも言ったわよね？　それとおんなじ理由で、出された食事はきちんと食べること。いい？　わかった？」

厳しく念を押され、紗耶は「はい」と返事した。『よろしい』といった感じで美冬がうなずき、その目がクローゼットに流れる。

「あそこにある服はみんなあなたのものだけど、どれを着るかはその都度こっちで決めるから。お化粧やヘアスタイルも服にあわせて指定することがあると思う。つまりトータルコーディネートってことね。もし困ったことがあったら、いつでも手伝うわ」

　おそらく彼女の手をたびたび煩わすことになるだろう。だからといって『よろしくお願いします』とは間違っても言えない。紗耶は目顔で先を促した。

「じゃあ最後にもうひとつ。これは命令されたことではないんだけど――」個人的なことだとほのめかし、美冬はメンソールタバコの横から文庫本サイズの箱を取り上げた。「説明書を読んで、欠かさず服《の》むように」

「服むって、これは薬ですか」箱を受け取り、紗耶は訊いた。「なんの薬です？」

「経口避妊薬よ。いわゆる『ピル』ってやつ。脅すつもりはないけど、あなたはこれから何度もセックスの相手をさせられるわ。でもヤクザは避妊なんてしてくれない。みんな出したい放題よ。組長がそうだったように。すると、いずれどんな結末を迎えるかは……わかりきったことよね」

　犯された挙句、ヤクザの子を身籠る――。

　悲惨な現実を突きつけられ、紗耶は茫然と美冬を見返した。彼女の顔が左右にぶれ、それは自分がかぶりを振っているからだと気づいたのは、しばらく経ってのことだった。

10

紗耶の部屋を出て一階に下りると、美冬はサロンに入った。夕闇を背負ったソファには俵田、征二、俊也の姿がある。各々ビールを注《つ》いだグラスを手にしており、サロンにいるのはその三人だけだった。ほかの連中は控え部屋で花札でもしているのだろう。ただひとり、料理番の繁は夕食の準備に余念がないようで、サロンに隣接したキッチンからはフライパンを操る音がかすかに届いた。

「お疲れさまです」

俵田の隣に腰を下ろすと、向かいに座った俊也がねぎらいの言葉をよこした。美冬は軽い笑みで応え、渡されたビールグラスを捧げ持って彼の酌を受けた。

「すんなり丸坊主になったか」

一口ビールを飲み、グラスを戻すと、紫煙を吹かして俵田が訊いた。美冬は「ええ」とうなずき、きちんと因果を含めたから、と抜かりがないことを示唆した。

「剃った毛はどうします？　言いつけどおり保管しましたけど」

「あんだけの上玉だ、証拠のビデオと一緒にオークションにかけたり、パーティーの招待客にプレゼントしたり、使い道はいくらでもある」

「切り取った下の毛まで有効利用できるなんて、鮭やクジラみたい」

「それで一稼ぎしようってんなら、小便やクソだって歴《れっき》とした売り物《もん》になる。あの女から絞り出したと知りゃ、その道のマニアが涎《よだれ》を垂らして飛びつくだろうぜ」

「やだパパ、そんな話をされたらビールが飲めなくなっちゃう」

冗談として応じたものの、脳裏に萌した忌まわしい記憶に美冬の心は灰色に翳った。

和合会幹部の屋敷に監禁されていた当時、美冬は大勢の男の前で浣腸を受け、無理やり排泄させられたことがある。そのとき、洗面器から掬《すく》った汚物をプラスチック容器に移し替え、『記念品』として持ち帰った者がいた。もし紗耶が同じ目に遭ったら、やはり変態どもが放っておかないだろう。俵田のセリフではないが、醜悪な排泄物を巡り、所有権を争う光景が瞼に浮かんだ。

「クソの話が出たついでに訊くが、ケツの穴はいつ試せる？」

下卑た俵田の声に昏い想像を打ち消し、美冬はテーブルの先に目を移した。征二はフッと苦笑い、急ピッチで調教するが一日二日では無理だとはっきり断じた。

「ケツ穴の処女を奪うには、それなりに下準備する必要があります。いきなり突き刺したら、まず間違いなくブッ壊れますよ」

「裂けて使いもんにならなくなっちまうか」

いや、と征二は首を振り、肉体のほうは心配いらないと言った。「括約筋ってやつは伸縮性がありますからね、滅多なことで駄目になったりやしません。ただ、心のほうは一発でいっちまう可能性があります。とくにああいった女の場合」

「じゃあ、早くても来週か」

「今度こっちへ来られるまでに、きっちり咥え込めるように仕上げておきます」

俵田は明々後日、三連休が明けた朝に東京へ帰る予定になっていた。何事もなければ来週末、こちらへ戻ってくることになっている。

「それまで我慢しなけりゃいけねえとなると、たった一週間でも長く感じるな」

「お待たせする分、ちょっとした演出をしておきます。組長《オヤジ》好みの」

期待してるぜ、と俵田は嗤い、差し当たって今夜はどんな調教をするのか訊いた。征二はビールを飲み、とりあえずフェラチオですね、と淡白にこたえた。

「舌遣いも、咥え方も、てんでなっちゃいなかった」

「確かにぬるくはあったな。ま、その下手さ加減にグッとくるもんもあったが」

「たぶん口で抜いた経験もないでしょうから、ザーメンの味もしっかり覚えさせます」

「一通りフェラを叩き込んだら、次はパイズリですね」俊也が会話に加わり、美冬に目を向けた。「姐さん、彼女のスリーサイズ聞いてるでしょ？　服や下着を買いに行ったときに。いくつだって言ってました？」

「バストが89、ウエストが58、ヒップが87ですって」自分とはヒップのみ一センチ違うだけなので、美冬はスラスラと口にした。「ちなみに身長は一六四センチで、ブラのサイズはGカップみたいよ」

「そんなにあるんだ!?　着痩《きや》せするタイプだとは思っていたけど」

「揉み心地も最高だったぜ。弾力たっぷりで」

俵田が興に乗りはじめ、調教談議に花が咲いた。ひとり蚊帳《かや》の外に置かれた美冬はグラスを口に運びつつ、ときおり三人を窺った。卑劣な人柄を顔全体に滲ます俵田。凄腕のヒットマンを想わせる征二。爽やかな笑みが板についた俊也。それぞれ風貌はまったく違う。しかし共通点もあった。それは目だ。女を食い物にする三人の目は、肉食動物のそれに酷似していた。

11

ベッドから腰を上げ、紗耶は部屋の真ん中に立った。クローゼットの横には姿見が置かれ、濃紺のイブニングドレスを着た艶姿《あですがた》を映している。躰を捻《ひね》るとシャンデリアの光を浴びた腰回りがシルク特有の光沢を放ち、ほのかに心をときめかせた。

こうして鏡を覗くのは、これで五回目、いや六回目だった。日中あれだけひどい目に遭ったにもかかわらず、着飾った姿に関心を寄せてしまうのは、やはり女だからか。あるいは現実逃避といえるかもしれない。事実、姿見と対峙している間は、おぞましい記憶に苛《さいな》まれることはなかった。

イブニングドレスの下にはガーターストッキング、ハーフカップのストラップレスブラ、Tバックのショーツと、初体験となる三点セットを身につけていた。紗耶はドレスの上から腰回りを撫で、これらを指定されたときのことを思い起こした。

美冬が部屋を訪ねてきたのは、おそらく八時頃のことだった。窓辺のテーブルに歩み寄り、紗耶がきちんと夕食を食べたことを確認すると、彼女はクローゼットを開き、いま着ているドレスを選んでよこした。きっとあなたにぴったりよ、と微笑みを添えて。

ドレスと一緒に下着を受け取った紗耶は、言われるままに彼女の目の前でバスローブを脱いだ。その際、陰毛を失った下腹部が目に入り、激しい羞恥に襲われたが、無理やり感情を押し殺して手早く下着を身につけた。

そこで一旦、姿見の前に立たされた。そして思わず息を呑んだ。まるで下着のカタログに出てくる外国人モデルみたいにセクシーだったからだ。

衝撃的な変貌はそれだけに留まらなかった。ドレッサーの前に紗耶を座らせると、美冬は夜会巻き風に髪をセットし、さらには「お手本を見せてあげる」と鮮やかな手つきで化粧まで施してくれた。

着物と一緒に、美冬はアクセサリーも自宅から持ってきていた。十数点ある中から「これがいいんじゃない？」と彼女がよこしたのは、真珠のイヤリングと首飾りだった。

それらを身につけ、イブニングドレスに袖を通すと、ふたたび姿見の前に立った。鏡に映る己の姿はとてつもなくエレガントで、派手すぎると感じたピュアレッドの口紅とマニキュアも、妖艶さを引き立てる絶妙のアクセントになっていた。

「あなたにとって、ここは地獄かもしれない。でも、きれいな恰好をしたり、ちょっと冒険したお化粧にドキドキしたり、女らしくいることで少しでも苦しみがやわらぐなら、わたしはいつでも協力するわ」

美冬がそう口にしたのは、食器を載せた盆を手に退室するときのことだった。自ら示唆したとおり、彼女とて善意のみでドレスアップしてくれたわけではない。すべては組の指示、すなわち打算に基づく行動であることは明白だった。なのに彼女を恨む気は不思議と起きなかった。むしろ同類意識が湧き、彼女を見返す目は自然とほころんだ。

──わたしは美冬さんに縋りはじめている。

つややかに変身した自分を眺めながら、ふとそんなことを想ったときだった。廊下から足音が聞こえた。それも複数。瞬時に緊張が走り、紗耶はドレッサーの脇まで後退った。と同時にドアが開かれる。それが当然のようにノックはなかった。

最初に踏み込んできたのは稲葉征二だった。彼の背後にパンチパーマの繁とリーゼントの哲平が続く。ドアが閉じられると、部屋の空気はにわかに張り詰めた。

慄える眼差しの先、戸口に佇んだ征二は、紗耶の躰を無遠慮に見回し、口角を吊り上げた。対照的に、繁と哲平は顔をポカンとさせた。だがそれも寸時のことだった。顎をしゃくった征二はベッドのほうへ廻り、部屋の隅に寄った繁と哲平は壁に立てかけたビデオカメラと撮影用のライトを摑んだ。

「丸坊主になった気分はどうだ？」

ベッドに座った征二が靴を脱いで訊いた。狼のような顔つきと同様、抑揚のない声音からも冷徹さが感じられる。加えて『丸坊主』とはなにを指すのかわからず、紗耶は返事に詰まった。たとえ即座に理解できたとしても、同じ反応を示したに違いない。陰毛を剃られた感想など、人に言えるはずがなかった。

紗耶は俯き、唇を引き結んだ。いかがわしい質問に対する、せめてもの抵抗だった。

「これからは毎日、自分で剃れ。いいな？」

続いて浴びせられたのは、女の矜持《きょうじ》を打ち砕く命令だった。顔を上げるなり猛禽類《もうきんるい》のような目で射貫かれる。それだけで全身が凍りついた。

――怖い。この人、ものすごく怖い。

本能的な恐怖に包まれ、紗耶は自分の躰を抱き締めた。再度「いいな？」と念を押され、無意識のうちに「はい」と返事してしまう。反撥心は消え失せ、呆気なく屈したことを恥じ入る余裕すらなかった。

「逆に腋《わき》の下は剃るな。フサフサになるまで伸ばせ」

追い討ちをかける命令に、紗耶はハッと目を瞠った。堪えきれず悔し涙があふれる。だがやはり拒否することはできず、屈辱に歪んだ顔を力なく振り下げた。

それを潮に室内は静寂に包まれた。裸足になった征二はベッドから立ち上がり、白いシャツを脱いだ。繁と哲平は姿見の手前に陣取り、撮影機材のセッティングに余念がなかった。三人の寡黙な姿を見るにつけ、いやがうえにも怖じ気が込み上げる。

ベルトを外した征二はためらいなくブリーフ一枚になった。年齢は四十前後だと思うが、彼の躰はスポーツ選手のように逞しい。腹筋は見事に割れ、手足の筋肉も隆々としていた。

しかしなにより驚愕させるのは背中だ。鞣革のような肌には阿修羅の刺青が彫られていた。

――またケダモノ以下の男に犯される!?

そう思うとスッと体温が下がり、全身におののきが拡がった。

片や、どこか達観したような自分がいるのも感じていた。諦めとは違う。自暴自棄になったわけでもない。あえて譬《たと》えるなら『哀しい覚悟』といったところか。これからどんな辱めを受けようと耐えるしかない。それよりほか自分と弟が生き長らえる術はない。そんな悲壮な想いが怯えの裏に息づいていた。

「兄貴、終わりました」

ビデオカメラの置き位置を直し、繁がセッティングの完了を告げた。それを合図にライトが点灯する。うむ、と征二はうなずき、まぶしく映える光の輪の中に立った。

「ここに来て跪《ひざまず》け」

にべもなく命じられ、紗耶は生唾を呑んだ。目で慈悲を訴えたが、冷眼をもって撥ねつけられる。となれば、いまいちど覚悟を固めるより道はなかった。

わたしは感情のない人形だ――。そう暗示をかけ、重い足を踏み出した。

「これからフェラチオの特訓をする」征二の足下に跪くと、恐怖を煽る低い声が頭の上から降りてきた。「その都度コツを教えるから、忘れず脳味噌に叩き込め。そして躰で覚えろ。

今夜はそれで許してやる。ただし、腑抜《ふぬ》けた真似をしたら二時間でも三時間でもブッ通しでしゃぶらせる。それが嫌なら全力で俺をいかせろ。いいな？」

潤んだ目で征二を見上げ、紗耶は「はい」とうなずいた。ブリーフを脱がすよう指示する声に、顔を背けて従った。

「ちゃんと前を向いて俺のマラに挨拶しろ」

両足からブリーフを抜くと、鋭い口調で征二が命じた。紗耶は意を決し、顔を正面に戻した。とたんに引き攣った悲鳴がしぶく。

目の前に垂れたペニスは、とても人間の一部とは思えなかった。色は浅黒く、まるで毒蛇のようにエラが張っている。さらには棹の部分にイボがあった。しかも一個や二個ではない。少なくとも二桁はあり、等間隔に並んでいるのだ。明らかに先天的なものではなかった。性体験が乏しい紗耶にも、意図して『加工』を施したのだと察しがついた。

「見るのは初めてか？　真珠入りのマラは」

——真珠入り？　このイボの中に真珠が埋め込まれているというの？

信じられない思いでペニスを見すえた。正確には目が離せないでいた。すると征二はニヤリと嗤い、「いずれおまえも、よがり狂うことになる」と勝手に断じた。

「……そんなことはありません、絶対に」

「だったら頬張ってみろ。嫌でもイボ付きのすごさがわかる」

言うや無理やり唇を割り開き、奇怪なペニスを突っ込んできた。目を剝いた紗耶は顔を振って吐き出そうとしたが、両手で頭を押さえつけられ、身動きを封じられた。

「さっき言ったことを忘れたのか。苦しければ気合いを入れてしゃぶり抜け。そして俺をいかせろ。それ以外にこの特訓から逃れる手立てはない。わかったか」

禍々《まがまが》しいペニスを咥えたまま、紗耶は首を振り下ろした。目尻から屈辱の雫がこぼれ、頬を伝い落ちる。それでも凌虐の手は緩まなかった。先端を舌で舐め回しながら棹の部分をしごくよう、容赦なく命じられた。

「唾を溜めてカリを中心にねぶれ……そうだ、満遍なくベロを這わせるんだ……次は鈴口に吸いついてみろ……そんな感じだ……おい、手コキのほうが疎《おろそ》かになっているぞ……しごく手はもっと強弱をつけろ……そうじゃない。五本の指を揉み込むんだ……よし、いまの手つきを忘れるなよ……」

休むいとまを与えず、淫靡なアドバイスは矢継ぎ早に浴びせられた。そのたびに紗耶は喉の奥で呻き、一刻でも早くこの責め苦から逃れたい一心でこくりとうなずいた。

「今度は横から咥えてみろ」

特訓と称する拷問がはじまり十分ほど経った頃、紗耶の頭から手を離し、征二が短く命じた。一旦、口からペニスを外した紗耶は、唾液にまみれた先端を支え持ち、ハーモニカを吹くように真横から舐めさすった。

そのときふと正面の姿見が目に入り、ハッと凍りついた。そして征二たちがなぜこのポジションを選んだのか思い知った。

ほんの数十分前、ささやかな喜びを与えてくれた姿見には、ヤクザの足下に跪き、怪異なペニスを咥える妙齢の女が映っていた。女はエレガントな衣装を身に纏い、美しく化粧していたので、娼婦さながらの口唇奉仕がより際立って見えた。瞼を閉じても羞恥図はくっきりと残り、紗耶はひとしきり涙に噎んだ。

だが、どんなに泣いても要求はエスカレートする一方だった。陰嚢へのペッティングを命じられたり、卑猥なセリフを復唱させられたり、その後の責めも陰惨をきわめた。

肉体的なつらさも生半可なものではなかった。己を殺し、口と手で丹念に愛撫しても、征二のペニスは複製品のように屹立し続けた。いきおい顎の感覚は麻痺し、腰と膝が鈍く痛みだした。しかし「少し休ませてください」と涙まじりに懇願しても、楽になりたければ俺をいかせろ、と繰り返し突き放された。

「いままで教えたテクニックを総動員してマラをしゃぶり抜け」

頭の中が混濁しだした頃、発破をかける声が耳に届いた。紗耶はゴールが近いことを感じ取り、征二の太腿を掴んで追い込みに入った。縦に頰張り、横に咥え、ペニス全体に舌を這わせた。あまつさえ「チンポ大好き」だの「硬くておいしい」だの無理やり憶え込まされたセリフを口走っては、媚《こ》びる眼差しを上向けた。そうすることに恥じらいはなかった。この責め苦から解放されるなら、甘んじて盲従する肚づもりだった。

　その甲斐あってか、やがて征二が「今夜はこのへんで勘弁してやる」と口にした。

　これでやっと楽になれる――。そう安堵したのも束の間、紗耶は泣き濡れた目をギョッと見開いた。ふたたび頭を抱え込み、征二が揺すりだしたのだ。

　――まさか口の中に射精しようというの⁉

　それは婚約者にさえ許したことがない行為だった。紗耶は顔を振り立て、『それだけは絶対にいやッ』と心の中で叫んだ。征二の腿を押し退け、その場から逃れようとした。だが腕力の差は圧倒的で、心身ともに疲弊しきっていたこともあり、より深く咥えさせられる結果となった。そしてついに……。

　最後の一突きとばかりに喉奥まで射込まれ、先端から熱い粘液が迸った。ドロリと喉を灼かれ、生臭く呻いた紗耶は、胸裡を蝕む絶望感にボロボロ泣いた。しかし凌辱は終わらず、汚濁が満ちる口内をペニスで攪拌《かくはん》された。

「こぼすなよ」

なおも冷徹に告げ、征二がペニスを引き抜いた。紗耶は命令に背き、すかさず精液を吐き出そうとした。だが一瞬早く征二の手が伸び、下顎を摑まれた。顔を起こされ、口を開けるよう命じられる。それでも抗っていると思いきり鼻を摘まれ、あまりの惨めさに喘いだ瞬間、強引に唇を割り開かれた。

「ベロにザーメンを載せて見せてみろ」

完膚なきまでに打ちのめされ、紗耶は噎び泣きながら要求に応じた。征二が放った精液は恐ろしく粘り気があり、まるで苦味のあるジャムのようだった。それを舌先に集め、おずおずと口から覗かせると、青臭い匂いが鼻先に漂い、屈辱の涙がまた伝い落ちた。

「よし、飲め」

とどめの一言を浴びせるなり、征二の指が喉元に食い込んだ。もはや抵抗する気力はなく、顔を上向けた紗耶はゴクリと喉を鳴らして汚辱のしるしを嚥下《えんか》した。

それからどれくらい放心していたのだろう。

名前を呼ばれ、ぼんやり首を巡らせると、着替えを済ませた征二がドアの前に立っていた。紗耶が口を犯されている間、その一部始終をビデオに収めた繁たちはどこにもいなかった。いつの間にかライトも消されていた。

「明日もフェラの特訓をする。撮影機材はこのままにしていくから勝手にいじるなよ」

そう言い置き、ドアを開いた征二が廊下に出ていった。

ひとり部屋に取り残されると、廃墟のような静寂があたりに満ちた。紗耶はぎこちなく首を回し、虚ろな目を姿見に流した。

鏡の中には、自分と同じ顔をした女が魂の抜けた態《てい》で正座していた。アップにまとめた髪はほつれ、泣き腫《は》らした頬には涙の跡が光り、ルージュを塗った唇には白い残滓《ざんし》がこびりつき、美しく着飾っている分、とてつもなく憐れに映った。

——明日もまた、こんなふうに……。

そう自問した刹那《せつな》、新たな涙が瞳を覆い、鏡に映る女の泣き顔が虹色にぼやけた。

12

箒《ほうき》を手に、幹久は庭の掃除をしていた。時刻はまだ十時前のはずだが、ときおり見上げる空はどこまでも高く、十月中旬とは思えないほど陽射しもまぶしい。おかげで黒いジャージの下はすぐに汗ばみ、じっとり肌にまとわりついた。

これが自宅なら、とっくにTシャツ一枚になっていたことだろう。そんな陽気なのに律儀にジャージを着続けているのは、昨日、風呂場をブラシ掛けしていたとき、チャックが全開になっているのを見咎《みとが》めた正和というチンピラに蹴りつけられたからだった。

心の拠り所にしていた俊也も、躾《しつけ》には厳しかった。トイレを磨いた際には「ピカピカにした自信があるなら舐めたって平気だよね」と信じられない要求まで突きつけている。便器に舌を這わせるなど、むろん抵抗があった。しかし幹久は、身の毛がよだつ指示を受け容れた。姉はもっとつらい思いをしている、これは罪のない彼女を巻き添えにしてしまった罰だ、と肝に銘じながら——。

庭を掃く手を休め、幹久は背後を振り返った。自分たちが捕われているのは、由緒ある高原ホテルのような木造家屋だった。ただ、玄関ホールに受付がなく、間取りや造作も旅客施設とは異なることから、ここはかつて名のある企業の保養所だったのではないかと当たりがついた。

表に出てわかったことは、もうひとつある。それは居場所だ。窓の向きの関係で部屋にいる間は知る由もなかったが、庭の端からは富士山が見えた。

もっとも、おおまかな居場所がわかったからといって、逃げる気はまったく起きなかった。建物の中は随所に監視カメラが設置され、外に出る際には太い鎖によって足首同士が結ばれている。革枷《かわかせ》を繋ぐ鎖の長さは肩幅くらいで、歩行には支障を来たさなくても走ることは不可能だった。たとえダッシュできたとしても試そうとは思わなかったはずだ。姉を置き去りにして自分だけ逃げ出すなど、どうあっても考えられない。

幹久は二階に目を這わせた。吹き抜けの玄関ホールを挟み、南側は六部屋ある。洗面所と男女別のトイレを真ん中に、北側も同じ数の居室が振り分けられていた。

幹久が与えられたのは左から二番目の部屋だった。もし姉も前庭に面した部屋にいるなら、その姿を確認できるかもしれない。そう思い、左から順に眺めていくと、右から二番目の部屋に目が留まった。ほかとは違い、その部屋だけ天井が明るいのだ。

それでついそちらに歩きだしたとき、耳許をなにかが掠めた。芝生を跳ね、煉瓦《れんが》敷きのアプローチを転がったそれは、碁石のような礫《つぶて》だった。

幹久は首を回した。視線の先、築山の手前に正和が立っていた。剣呑《けんのん》な目つきが『勝手に動き回るな』と告げている。ここで不興を買い、また小突かれたくはない。

低頭した幹久はくだんの部屋をちらりと仰ぎ、掃き掃除を再開した。

◇　◇　◇

「よし、そこから一気にしゃぶり抜け」

ペニスを咥えた顔を前後させながら、紗耶は横目を流した。窓辺の椅子に座り、征二が恥辱の儀式を見守っている。足を組み、鋭く指示を飛ばす居住まいは、あたかも映画監督を想わせた。実際、今朝はコーチに徹する考えらしく、紗耶には指一本ふれていない。

代わりに『男優』を務めるのは繁と哲平だった。撮影用のライトが灯るなか、ビデオカメラの前に跪いた紗耶は、両側から突き出された二本のペニスを愛撫していた。

部屋にはもうひとり、俊也の姿もあった。素っ裸になった繁と哲平とは違い、ベッドに腰掛けた彼はボクサーパンツ一枚の恰好で出番を待っている。

下着姿という点では紗耶も一緒だった。食後、空の器を下げにきた美冬が「今朝はドレスとか着なくていいそうよ」とビスチェ、ショーツ、ストッキングの三点セットのみを抽斗から選んでよこしたのだ。

着替えを済ませると、例によって姿見の前に立たされた。しかしセクシーに輝く自分の姿を目にしても、昨夜とは違って心は塞ぐばかりだった。

凌辱の一夜が明け、『とにかく耐えるしかない』という想いがより強まっているのも感じた。その証拠に「今日もフェラの特訓をする」とあらためて宣告されても、うろたえたり涙ぐんだりはしなかった。そうした気丈とも従順ともいえる姿勢は、鏡の中に浅ましい痴態を晒しているいまも不変だった。

「ベロだけじゃなく手もしっかり動かせ」

ふたたび征二に指示され、哲平のペニスをねぶりながら逆の手で繋のペニスをしごいた。するると、揉み込む五本の指に興奮が伝わり、粘った体液が鈴口から滴った。

「そろそろいきそうだ」

繋に顎を摑まれ、紗耶は脈打つ彼のペニスを口に含んだ。頭を揺すられるままに舌と唇で追い込みをかける。

ほどなく繋が「出すぞ」と叫び、喉の奥でペニスが爆《は》ぜた。たちまち口中は精液で満たされ、嘔吐《おうと》しそうになる。だが吐き出すことは許されず、目尻に屈辱の涙を滲ませた紗耶は、青臭い体液を一思いに飲み干した。

「休んでんじゃねえよ」

ガクリと項垂れ、汚辱感に喘いでいると、頭の上から口汚く吐きつけられた。昨日、美冬に叱られたことを根に持っているのか、振り仰いだ哲平の顔には憤りの色がある。紗耶はキッと睨み返し、突き出されたペニスを深々と咥えた。

瞼を閉じ、一定のリズムで頭をストロークさせる。そこには愛情など露もない。だから機械のようになれた。かぎりなく心を無にすることができた。いとわしい定めを強いられるなか、それがせめてもの救いとなった。

やがて哲平が「うッ」と呻き、しゃにむにねぶり立てる口の中に精を放った。繋のときと同じく、紗耶はペニスの先端に舌を絡ませ、あらかじめ言い含められていたとおり尿道に残った最後の一滴まで吸い尽くした。

それから束の間の休息が与えられたのち、満を持して俊也が目の前に立った。

征二に劣らず彼の躰も見事に鍛えられていた。ただ、肉体美よりも目を惹くものがあった。それは股間だ。つい凝視したボクサーパンツの中心部は、猛々しく盛り上がっていた。

「きみが脱がせてくれる？」

俊也の声はひどく穏やかで、紗耶は思わず顔を見上げた。さらに耳の裏を撫でられると、にわかに頬が熱を帯びた。もちろん、これが手管であることは充分わかっている。にもかかわらず、麻薬めいた陶酔感はそう簡単には払拭《ふっしょく》できなかった。ばかりか初めてキスをした少女のように躰がもじついた。

ただし、それも指示に従うまでのことだった。皮肉なことに、意を決してパンツを下ろすと、胸の中は驚き一色に染まった。

それほど俊也のペニスは『異様』だった。征二のように真珠を埋めているわけではない。色もたぶん普通だ。しかしサイズが並外れていた。まだ昂ぶる前なのにトイレットペーパーの芯くらいある。シルエットも暴力的だった。とくにエラの張りようが尋常ではない。最大部分の横幅は五センチ以上あった。

俊也のペニスの甚大さは口に含むとより際立った。それでもどうにか愛撫するうち、血管が浮き出たペニスは上向きに反り、自ずと紗耶は中腰の姿勢を取らされた。

「なかなか上手だよ。今度はディープスロートに挑戦してみようか」

満足げに指示した俊也のペニスは、じきに長さ二十センチをゆうに超えた。親指と中指が届かなくなるほど胴回りも太くなった。いきおい張り詰めた先端に喉を塞がれ、そのたびに紗耶は「ううッ」と呻いた。

俊也はスタミナも豊富だった。常人ならとっくに射精している段になっても、彼のペニスは紗耶の口を犯し続けた。少し休ませてほしい。そう涙目で訴えても、笑顔とは裏腹に聞き容れてはくれなかった。

「昨日、兄貴から教わったことを思い出して、ラストスパートをかけてごらん」

それが俊也のこたえだった。紗耶は諦念の涙を睫毛に滲ませ、屹立するペニスをしゃぶり立てた。陰嚢を舌で転がし、裏筋を舐めさすりながら、憑《つ》かれたように「チンポ大好き」だの「早く飲ませて」だの淫猥なセリフを吐き連ねた。

そうして数分が過ぎた頃、ようやく待ち望んだ声が耳に届いた。「口に出すよ」という囁きに、紗耶はペニスを咥えたまま大きくうなずき、髪を振り乱して頭を前後させた。

「よしッ、いくよ」

俊也がそう告げた直後、抉《えぐ》り込まれたペニスが膨らむように跳ねた。紗耶は「うッ」と噎せ返り、丸く目を剝いた。放出された牡の精は大量で、また濃厚だった。しかも恐ろしく苦い。当然のことながら、舌や喉をドロリと穢される感覚には、いっこうに馴染めなかった。かといって、いつまでも溜めておくのは吐き気がする。ならばと、この日三度目となる覚悟を固め、汚濁の精を嚥下した。ペロペロ舐めてきれいにして、という追い討ちにも逆らわず、ぬめ光る白い残滓に舌を這わせた。

すべての命に従うと、俊也の手が顎の下に伸び、顔を上向けられた。これ以上なにをしようというのか？　先行きが読めず、紗耶はじっと身構えた。そして眦を裂いた。腰を屈めた俊也が、後れ毛を梳いた額にそっとキスをしたからだ。

「よく頑張ったね。気持ちよかったよ」

やさしげな言葉に、押し殺していた本来の自分が呼び覚まされた。ひとたび女心が揺らぐと、胸の中はたちまち熱いもので満たされ、敵意や憎しみを曖昧《あいまい》にぼかした。

この、どことも知れない建物に捕われてから、身も心も蹂躙《じゅうりん》されどおしだった。見上げる先で微笑む俊也も、卑劣なヤクザであることに変わりはない。なのに本心からねぎらわれた気がしてならなかった。

ふと我に返ると涙をこぼしていた。ここに連れてこられて以来、異性から受けた初めてのやさしさに、紗耶はわけもわからず涕泣した。

13

俵田とコーヒーを飲んでいたとき、征二と俊也がサロンに入ってきた。ソファから腰を上げた美冬は「お疲れさま」とふたりをねぎらい、サイフォンから注ぎ分けたコーヒーを彼らに差し出した。

「あの女、嫌がらずにザーメンを飲めるようになったか」

「現時点では、仕方なく、ですね」軽くコーヒーを啜り、征二がこたえた。「しかし覚えのよさは予想以上です。うまく化けりゃ最高傑作になりますよ」

「俺も久々です、仕事抜きで『やりたい』と思ったのは」カップを片手に、俊也が話を継いだ。「内面的にもど真ん中だし」

「トシちゃん、あの手のタイプに弱いものね。いくつになってもかわいげを失わない」

「それでいてナイスバディときてるんだから、これはもう奇蹟ですよ」

「また『ありがとう』ってやったの？」

からかいを含んだ問いにも、照れることなく俊也はうなずいた。「言うことをよく聞いた女には感謝とやさしさを返す。それが俺のポリシーですから」

「彼女、どんな反応をした？」

「ひっそりと泣きだしました。緊張の糸が切れたみたいに」

やっぱり、と美冬はつぶやき、手元のカップに目を伏せた。そのときの様子は手に取るようにわかる。自らそう語ったように、俊也は調教を施したあと、決まって女にやさしく接した。それも上辺だけのまやかしではなく、彼のいたわりはいつも本気だった。すると女はどう様変わりするのか。最初はどれほど反撥しても、いずれは彼に依存するようになるのだ。さながら暗闇の中で光明を見出したように。この『どんな女でも心から愛せる』という彼ならではの特性こそ若くして名調教師となったゆえんだった。征二とペアを組むと彼の才能はさらに活きた。冷徹な征二に容赦なく打ちのめされ、そのあと俊也に甘く抱かれる。いわゆる『飴と鞭』の繰り返しにより性の奴隷へと堕ちていった女は、美冬が知るだけでも二十余人を数えた。

「初心《うぶ》な女が色ボケになる。その過程をじっくり観察するのも一興だな」

「まさに」下卑た俵田の声に、征二が相槌《あいづち》を打った。「いまはクスリで理性やら良識ってやつを抑えてますが、そのうちてめえの意思でケツを振らせてみせます」

征二の説明どおり、紗耶は性欲を高める薬、すなわち媚薬を摂取していた。とはいえ本人はそのことを知らない。食事の中に混入させているからだ。その媚薬はヨーロッパの製品で、潜在的なセックス願望を引き出すと聞いていた。おそらく紗耶に自覚はないだろうが、苛烈な調教を乗り越えられたのも、媚薬が貞操観念を薄れさせたおかげだった。

この媚薬は、幹久を誘惑した際にも用いている。これまで何人もの男を手玉に取り、学生をその気にさせるくらい造作なくできる自信はあったが、念には念を入れて通常の倍の量をジントニックに混ぜたのだ。その効果は身をもって知っている。美冬があそこまでよがり狂ったのは、色仕掛けをよりリアルにするべく、自ら口にしたジントニックにも適応量を溶かし込んだからだった。

「ところであの女、着付けはできんのか」

俵田の問いに、美冬は「たぶんできないんじゃないかしら」と憶測を口にした。「でも、どうして？」

「明日の晩はしっぽり和風でいきたくてな」

「だったら前もって教えておきます。手取り足取り。髪型とかお化粧も、とびっきり色っぽいやつにします。せっかくですから」

「よろしく頼むぜ」

相好を崩す俵田に、美冬は「はい」と笑顔で応じた。だが、表情とは裏腹に心中は翳った。

罪のない女を食い物にしているという点では、わたしもこの人たちと変わらない――。そう思うと、偽りの微笑みに、あるかなきかの罅割れが走った。

14

夜の闇に浮かぶ庭景色を眺め、ベッドに腰掛けたときだった。躰の重みでスプリングが軋《きし》み、その音に昼間の記憶が呼び覚まされた。紗耶は胸元に目を落とし、湧き上がる屈辱感に唇を引き結んだ。

「これからパイズリの特訓をする」

征二からそう告げられたのは、食事を済ませ、昼下がりを迎えた頃のことだった。紗耶はそのとき、いまと同じくチャイナドレスを身につけ、服装にあわせて髪型もシニョンにまとめていた。朝の日課となった『フェラチオ調教』のあと、風呂場までつき添った美冬にそれらのスタイルを指定されたのだ。

買い与えた衣類はその都度こちらで選ぶ――。前日にそう伝えられていたので、そこまでは納得することができた。ただひとつ腑に落ちない指示もあった。着用してよいランジェリーは網タイツのみと付加されたのだ。

なぜブラジャーとショーツをつけてはならないのか？　長らく悶々とさせられたが、征二のセリフを耳にした瞬間、理由はすんなり呑み込めた。

いくら奥手でも、乳房でペニスを挟む性行為が存在することくらい、紗耶だって知っていた。それが俗に『パイズリ』と呼ばれていることも。

しかし、経験したいと思ったことは一度としてなかった。そんな痴戯に耽《ふけ》らなくても愛情は確かめられるし、なにより気恥ずかしかったからだ。雄一に「おっぱいに挟んでくれる？」と求められたこともないわけではない。だが、かたちばかり真似をした程度で、本格的にやったことはないに等しかった。

それだけに心の翳りはひとしおだった。弟を人質に取られ強制された行為とはいえ、雄一に対する罪の意識がまずもたげた。いまさらながら悔やみもした。あのとき彼の要望に応えていれば、少なくとも自分を責めることはなかったのに、と。

そんな紗耶をよそに、三郎と正和はベッドの周りに手際よく撮影機材をセットした。窓辺に座った征二は「ホックを外して胸を見せろ」と無慈悲に命じた。指示に従い、チャイナドレスの襟刳《えりぐ》りをはだけると、あえて全裸にさせない理由、すなわち乳房だけを露出させた恰好がいかに無様であるかを思い知り、伏せた目に悔し涙があふれた。

もっとも、そこから先は『フェラチオ調教』のときと一緒だった。繰り返し『わたしは感情のない人形だ』と自己暗示をかけ、勇気と覚悟を奮い立たせた。一秒でも早く解放されることを願い、表向きはひたすら従順であり続けた。

その目論見が功を奏し、最初の相手、正和のときは淫靡なトレーニングを乗り越えることができた。カーペットに跪き、舌と乳房を使ってペニスを愛撫させられたのだが、無心になれたおかげで泣き喘いだり、はしたなく許しを乞うことはなかった。いつものごとく最後は口の中に射精されたものの、『哀しい慣れ』とでも譬えるべきか、初めて飲まされたときほど悲嘆することもなかった。

ただし、自分を保てたのはそこまでだった。三郎に腕を摑まれ、無理やりベッドに寝かされると、信じがたい仕打ちが待っていた。

「今度はケツの穴を舐めながら胸でしごけ」

征二が冷徹に命じ、下半身のみ裸になった三郎が、まるで用を足すように顔を跨いできたのだ。体毛の濃い臀部で下顎を押さえつけられ、紗耶は「いやッ！」「馬鹿なことはやめてッ！」と激しく首を振り立てた。饐《す》えた匂いに鼻腔を犯され、下卑た嗤いに耳朶を嬲られ、あられもなく躰をのたうたせた。

しかし、どんなに暴れても戒めから逃れることはできなかった。十分以内に三郎をいかせろ。もし一秒でもオーバーしたら顔にクソをぶちまける――。狂気を孕んだ征二の脅しに、さらなる地獄へと突き落とされた。

　紗耶は屈辱の涙を嚙み締め、穢らわしい肉の窄《すぼ》まりに舌を這わせた。両側から乳房を支え持ち、胸の谷間に挟んだペニスを懸命にしごいた。ケツの穴にベロを突っ込め。タマ袋もしゃぶるんだ。すけべな言葉でその気にさせろ……。脳裏にはペナルティへの恐怖しかなく、矢継ぎ早に浴びせられる指示にも泣きながら従った。

　その結果、最悪のシナリオは回避することができた。とはいえ、おびただしい精液を顔面に放たれ、しかも自ら掻き集めて吞み込むように命じられ、ヤクザのえげつなさ、残酷さをあらためて思い知った。

　征二らが退室してひとりになると、薄れゆく恐怖と入れ替わりに自己嫌悪が芽生えた。仕方がなかったとはいえ、いともたやすく屈してしまったことを呪いもした。

　生き恥を晒した自分への蔑《さげす》みは、いまもなお胸の奥底で燻《くすぶ》っている。だが、苦い想いに瞑《めい》目《もく》した矢先、突然ドアが押し開かれた。

　飛び跳ねるように腰を上げ、驚愕の顔を振り向けた先には、繁と哲平が並び立っていた。

「ついて来い。兄貴が地下室で待ってる」

　地下室と聞き、俵田にレイプされた忌まわしい記憶がまざまざと甦った。しかし逡巡《しゅんじゅん》するいとますら与えられず、紗耶は処刑場に引き立てられる想いで部屋をあとにした。

地下のスチール扉をくぐると、スポットライトの光に瞳を射貫かれた。例の人形の椅子の周りには三台のビデオカメラが設置され、セッティングもすでに完了している様子だった。あとは紗耶を嬲り抜くだけであることは、一服する征二の表情からも窺えた。

「さっさと兄貴んとこへ行け」

哲平に背中を小突かれ、柵を開けた繁の脇を抜けて檻の中に入った。恐る恐る椅子の前に立つと、足下に捨てたタバコを革靴の底で踏み躙り、征二が間合いを詰めた。その顔には残忍な笑みが浮かんでいた。

「これから未知の快楽を教えてやる」

征二はそう宣言し、椅子の横に置いたワゴンから黒革のバンドを摑んだ。そのほかにもワゴンの上には女を責め嬲るアイテムがずらりと並んでいた。もっとも名称と使用目的を知っているのはバイブレーターくらいで、あとの淫具はまったく知識がなかった。

「両腕を水平に突き出せ」

拒絶を許さぬ声で命じられ、紗耶はおずおずと両腕を持ち上げた。すかさず左右の手首に革枷が嵌められ、足下に屈んだ繁によって両足にも巻きつけられた。

「よし、服を脱げ」

「でも……」

美冬に指示されて以来、ランジェリーは網タイツしか着用していなかった。だが、冷眼を眇《すが》めた征二に「力ずくで引ん剝かれたいか」と脅しつけられ、ハンディカメラを構えた哲平の前で、紗耶は泣く泣く裸になった。

「靴を脱いで座れ」

左腕で乳房を、右手で性器を隠しつつ、紗耶は目の前の椅子を凝視した。肘掛けとフットレストがある革張りの椅子は、一見、産婦人科の内診台を想わせる。各部は自由に可動するらしく、肩や膝といった関節部分は頑丈かつ精巧なヒンジで連結されていた。L字形のレバーを備えたヒンジの周囲には手足や首、胴体を縛る革のベルトが取りつけられている。ワンタッチ式のフックも各所から垂れ下がり、それらに流した眼差しはいやおうなく慄えた。

「……この椅子は、いったい……」

「ある筋から仕入れた特注品で、俺らは『拘束台』と呼んでいる」

紗耶は不安に逆らわず、これからなにをするのか尋ねた。しかし「いずれわかる」と征二はつれなく、無駄話はもう終わりだと椅子のほうへ顎をしゃくった。

紗耶は唇を引き結び、強張る足を踏み出した。パンプスを脱ぎ、乳房と性器を隠しながら恐々と腰を下ろす。背凭れに躰を預けると、冷たい革の感触に鳥肌が立った。

「両腕を肘掛けに載せろ」

そう言われても、おいそれと従えはしなかった。手を外せば乳房と性器を視姦され、ビデオに撮られることになる。幾度となく目とレンズで辱められてきたとはいえ、女の秘所はそう易々と晒せるものではなかった。だが、躊躇していられたのも「仕置きを受けたいのか」と脅されるまでのことだった。胸に拡がる諦念に促され、覆いを解いた紗耶は、表情を窺うハンディカメラから顔を背け、そっと腕を掲げた。

肘掛けに載せると、寄り添った征二が革枷のリングに金属製のフックをかけた。足首も同様、腰を屈めた繋の手でフットレストに固定された。

「肩の力を抜け」

命じられるまま脱力すると、肘掛けごと真上に回された。次いで腕を曲げられ、肩と肘のレバーを素早くロックされる。征二はさらに肘の下と二の腕を革のベルトで縛りつけた。逆側の腕も同じ手順で固定される。

頭の上で丸印を作るポーズを取らされ、紗耶は「なんでこんな恰好を？」と怖じ気づいた。すると征二は、うろたえるのはまだ早い、と鼻で嗤い、座面から突き出したクランク状のハンドルを摑んだ。

「ああっ、いやあぁぁっ」

ハンドルが回されると、おののく口から狼狽まじりの悲鳴がこぼれた。股間を割り裂くようにフットレストが開きだしたのだ。紗耶は慌てて足を閉じようとした。だがフックで固定された足首はビクともせず、それは頭上に掲げた両腕も同じだった。

「こんなのいやあぁッ」

唯一自由が利く顔を振りたくり、紗耶は哀訴した。しかしハンドルを回す征二の手は止まらず、股間は徐々に開いていった。太腿とふくらはぎを革のベルトで縛りつけられ、内股になることさえ封じられた。

股間が限界まで開かれると、征二が別のハンドルを回しはじめた。それにあわせ、フットレストに固定された太腿がゆっくり脇腹のほうへ押し上げられてゆく。

「こんなのひどい、ひどすぎる……」

M字形の開脚ポーズを取らされ、悔し涙があふれた。かつてない羞恥に脳髄が灼け、もはや啜り泣くことしかできなかった。

「仕上げはこれだ」

勝ち誇った声で征二が言い、嗚咽に震える喉元にも革のベルトが巻きつけられた。フックによって背凭れに留められたそれは、なんと犬の首輪だった。

――この人たちはいったいどこまで……。

非道な扱いに、紗耶は顔を振った。頬を伝った涙は顎から滴り、恥辱にわななく乳房へと流れ落ちた。声を放って泣かなかったのは、胸裡にひとかけら残った女の意地だった。

「おまえの操がどれほど固いか、いまからこいつで調べてやる」

不穏な脅し文句を吐きつけられ、紗耶はハッと瞼を開いた。濡れた瞳に嘲笑《あざわら》う征二の顔が映る。彼の手には褐色の液体が入った半透明のボトルが握られていた。

「……それは？」

不安に負けて尋ねると、征二は「媚薬ローションだ」とこたえ、ボトルのキャップを外した。紗耶は眦を裂き、次の瞬間、「いやですっ、そんないかがわしいもの使わないで！」と力のかぎりもがいた。しかし拘束された手足はほとんど動かず、粟立つ乳房に怪しい液体がトロリと滴った。

「ああっ、いやあああっ」

ローションを掬った征二は、乳房から腋の下、そして首筋へと塗り拡げた。途中でローションを注《つ》ぎ足し、ぬめる掌を背中や腰にも挿し入れる。陰部への塗布はとりわけ執拗だった。肉襞を丹念に撫でさすり、指先でクリトリスを揉みしだく。卑猥なタッチは肛門にも及んだ。征二の指遣いは妖しげで、紗耶は何度も嬌声を絞り取られた。網タイツの上から足の指を一本ずつ嬲られた頃には、わけもわからず啜り泣いていた。

征二が背を向けると、深い溜息が洩れた。躰もぐったり弛緩《しかん》する。ところが――。媚薬責めはこれで終わりではなかった。向き直った征二の手には、歯磨き粉のようなチューブが握られていた。

「こいつはフランス製の催淫剤で、処女もよがり狂うという逸品だ。乳首とマンコ、それとケツの穴にこいつを塗られて、おまえがどれだけ耐えられるか、とくと見届けてやる」

紗耶は泣き濡れた目で征二を睨んだ。「あなたは人間じゃない。悪魔です」

「俺にとっては光栄のかぎりだ」面罵《めんば》されたにもかかわらず、征二は褒め言葉だとうそぶいた。「悪魔。鬼。人でなし――。これまで何人もの女からそう呼ばれてきた。中には唾を吐きかけた女もいる。『舌を嚙んで死んでやる』と泣き喚いた女も。ただし、威勢がいいのは最初のうちだけだ。『悪魔』と罵《のの》った男に、最後はみんな縋りついてきた。『この疼きをどうにかしてください』とな」

「わたしは絶対にしません。そんなみっともない真似は」

「その強がりがどこまで続くか」指先に白いクリームを載せ、征二が嗤った。「絶対に屈しないと啖呵《たんか》を切ったんだ、間違っても十分やそこらで音を上げるなよ」

冷徹に言い放つや、征二の手がスッと伸びてきた。左の乳房を摑まれ、媚薬ローションの効果だろうか、早くも充血しだした乳首にクリームが塗りつけられる。しごき上げる指遣いに紗耶は「うッ」と呻き、躰を仰け反らせた。そうした反応を目で嗤い、征二は右の乳首にもクリームを塗り込めた。

乳首への塗布が完了すると、責め嬲る手は陰部へ下った。征二はクリトリスを剥き上げ、張り詰めた表皮にたっぷりクリームを塗りつけた。熱を帯びたクリトリスが擦られるたび、紗耶は腰をもじつかせて生臭く喘いだ。

「あとはこいつで前後の穴を抉ってやる」

恫喝する征二の手には、芋虫状のスティックが握られていた。段差にはこってりとクリームが塗りつけられている。

――あれをあそこに突っ込まれる！

むごたらしい凌辱図が脳裏を掠めた直後、それは現実のものとなった。征二は陰裂を押し広げ、クリームでぬめるスティックを挿し入れてきた。

「ああああッ」

いきなりヴァギナを蹂躙され、紗耶は腰をくねらせた。それにかまわず征二はスティックを抽送し、にわかに潤みだした内粘膜にクリームを塗りたくった。

「ああっ、そんなとこ――」

肛門にもスティックが捻じ込まれ、初めて体験する異物感に、紗耶はビクリと身を捩った。

腸腔にクリームがなすりつけられ、とろける粘膜を嬲られるたび「あっ」「いやっ」と苦鳴を放った。それでも肛虐はやまず、媚薬ローションを塗り込められたときと同じく、いつしか啜り泣いていた。

「これで下拵《したごしら》えは済んだ」肛門からスティックを抜き取ると、征二はタオルで両手を拭《ふ》き、したり顔を振り向けた。「あとは特等席からじっくり見物してやる」

その言葉を受け、紗耶から二、三メートル離れた位置に繁がディレクターチェアを置いた。ふたたび壁際に走った繁はガラガラと音を響かせ、なにやら衝立《ついたて》のようなものを引っ張ってきた。ディレクターチェアの隣、紗耶の真正面に並べられたそれは、畳二枚分はあろうかという巨大なスタンドミラーだった。

「そんな……」

続く言葉を失い、紗耶はさっと顔を背けた。しかし瞳を射貫いた光景はそう簡単には拭い去れず、サンオイルを塗ったようにテラつく乳房も、陰毛のベールを失い剝き出しになった性器も、網膜にくっきりと焼きついた。

「自分のマンコを拝むのは初めてか」ディレクターチェアに座り、征二が嘲った。「どうだ、なかなか興奮するものがあるだろう？」

「……恥ずかしいだけです」顔を振ったまま、紗耶は小声で吐き捨てた。「こんな仕打ちをして喜ぶなんて、あなたはサディストです。変態です。穢らわしい」

「悪魔の次は変態か……」意に介する様子もなく、征二が嘲笑を深めた。「それにしても、さっきより口数が増えたな。なにかそうせずにはいられない理由でもあるのか」

紗耶は下唇を噛んだ。悔しいが、征二の指摘は図星だった。躰がジンジン疼きだしたのだ。体温の上昇も感じた。事実、髪の生え際や顎のラインが汗ばんでいる。

むず痒《がゆ》くもあった。とくに催淫クリームを塗り込められた乳首とヴァギナ、そして肛門の三箇所にかつてない痒みを覚えた。まるで蚤《のみ》かダニが這い回るような感覚に、ローションがぬめ光る肌はたびたび痙攣《けいれん》した。

「だいぶ感じてきたようだな。マンコが物欲しそうに涎を垂らしているぞ」

「嘘っ、そんなこと――」

ハッと目を開き、紗耶は鏡を見やった。とたんに「あぁ」という嘆きが口を衝く。征二がそう評したとおり、充血して捲れ上がった性器からは愛液がツーッと滴っていた。

「……どうして……」

心はまだ屈していない。なのに躰が言うことを聞かず、紗耶は悲嘆に噎んだ。俯けた眼差しの中に尖りきった乳首を捉え、悔し涙をあふれさせた。が――。

官能の波に呑み込まれた肉体の裏切りは、外見上の変化に留まらなかった。弱気を追い落とすように、尿意が込み上げてきたのだ。

——なんでこんなときに⁉

紗耶は慄然とし、残酷な巡り合わせを呪った。しかし、どんなに怨嗟《えんさ》したところで排泄の欲求は収まらない。下腹部に力を込めてもヴァギナと肛門を疼かせるだけで、ますます抜き差しならない状態へと追い込まれた。

「どうした？　ケツ振りダンスなんかして」

これは屈服したわけじゃない。あくまでも生理現象だ——。そう自分に言い訳しながら、意を決して征二を見すえた。

「……お、お願いです、お手洗いに、トイレに行かせてください」

「便所に行って、なにをする？」

惚けた征二に意地悪く訊かれ、紗耶は血を吐く想いで屈辱の言葉を口にした。「……おしっこが……洩れてしまいそうなんです」

「そうか。だったら楽にしてやる」

予想に反し、征二はあっさり了承した。だが、人知れず安堵したのも束の間、紗耶は驚愕に目を剝き擦れた悲鳴を放った。傍らに寄った征二が座面下のハンドルを回し、椅子をリクライニングさせたのだ。

「どうして倒すんです⁉　早くベルトを外してください！」

「俺は『楽にしてやる』と言ったんだ。その約束どおり、気兼ねなく放尿できる体勢にしてやった。これくらい角度をつければ、機材にひっかける心配はない。下もコンクリートなんで簡単に洗い流せる。だから我慢せず、したくなったら思いきり垂れ流せ」

紗耶は瞼を閉じあわせ、悔し涙にこめかみを濡らした。その間にも、尿意は刻一刻と高まり、崩壊へと導いてゆく。そしてついに……。

あたたかい滴りが股間を伝い、霞んだ視界の中で褐色の水柱が弧を描いた。

「いやあああッ、見ないでぇッ、見ないでええェッ」

顔を振りたくり、紗耶は号泣した。こいつマジで洩らしやがった。嫌がってる割には馬並みじゃねえか――。繁と哲平に囃し立てられ、声のかぎり泣きじゃくった。

「だいぶ溜め込んでいたようだな」

恥辱のしぶきが収まると、征二が聞こえよがしに言った。羞恥心をより煽り立てるためか、凌辱者たちは足下にできた水溜りをすぐには洗い流さず、いとわしいアンモニア臭が立ち昇るなか、しゃくり上げる紗耶の躰を目とレンズで犯した。

それからまた、冷ややかな静寂があたりに満ちた。時が進むにつれ、口を衝く嗚咽は次第に小さくなった。反面、心身を蝕む疼きが息を吹き返した。

――これ以上、惨めになりたくない。

紗耶は唇を引き結び、拘束された四肢に力を込めた。だが、再燃した肉欲は躰の芯から湧き上がってくる。ふと目に入った乳首はいまにも弾けんばかりに屹立し、陰部から拡散する痛痒感《つうよう》とともに女の意地を責め嬲った。

「またケツ振りダンスがはじまったな」

揶揄《やゆ》を孕んだ征二の指摘に、紗耶は「そんなこと――」と口走った。しかし『ありません』とは続けられず、燃え盛る官能の昂ぶりを痛切に思い知らされた。これまで恋人のぬくもりを求めたことはあっても、セックスそのものを渇望したことはなく、それがまた紗耶の心を打ちのめした。

――これはクスリのせいだ。わたしの本心じゃない。

葛藤の針が屈服する側に傾くと、もはや歯止めは利かなかった。この狂おしいもどかしさから、どうか解放してほしい。そもそも人前で排泄してしまった自分には、もう守るべき誇りや見栄なんてないだろう……。

頭の中に言い訳が渦巻き、気がつくと征二に声をかけていた。征二は「今度はクソでもしたくなったか」と鼻で嗤い、真上から目を覗き込んできた。紗耶はかぶりを振り、もう我慢ができないと涙ながらに伝えた。

「おまえはさっき『絶対に屈しない』と言わなかったか」

「……こんな恰好で縛りつけられていたら、わたしは発狂してしまいます」

「それで俺にどうしろと？」

「……躰中がムズムズして仕方ないんです……だから……」

そこまでこたえ、紗耶は喉を詰まらせた。そうして噎び泣いている間にも、躰全体がひとつの性器になりつつある。だが、どんなに苦悶しようと、征二はいっさい斟酌《しんしゃく》してはくれなかった。あまつさえ「助けてほしければ具体的に言え」と手厳しく命じ、泣き濡れた目に新たな涙をあふれさせた。

「わたしの……あそこを、搔いてください」

「それじゃ耳は貸せんな」ようやく発した懇願だったが、征二は無情に退けた。「もっとでかい声を出せ。それと『わたし』じゃなく名前で言え。『あそこ』なんて上品ぶるのもやめろ。あれの俗称くらい、おまえだって知っているはずだ」

紗耶は目を伏せ、ひとしきり涕泣した。そして「紗耶の――」と言い直し、破廉恥きわまりないセリフを訥々と、しかし最前より大きな声で述べ上げた。

「紗耶の、オマンコを、搔き毟ってください。痒くて、熱くて、気が狂いそうなんです」

「マンコだけでいいのか」

「……おっぱいも、乳首も、どうか……あと、お尻も……」

「尻？　尻たぶが痒いのか」

白々しい問いにクッと歯噛みしたものの、紗耶は「違います」と消え入る声で否定した。

「……お尻の……お尻の、穴、です……」

「だったら最初からそう言え。ケツ穴を穿《ほじ》ってほしいと」横柄に言い、征二が腕時計を見た。

「それはそうと、たった十七分しか持たなかったようだな。おまけに小便まで洩らしておいて、人によくものを頼めたもんだ」

嘲笑を浴び、紗耶は顔を背けて啜り泣いた。決して屈しないと誓っておきながら、わずか十七分で忍耐が潰えたことに少なからずショックも受けた。だからといって施しを拒むつもりは毛頭なく、自制の箍《たが》が外れるままに歔きながら催促した。

「なら、まずはケツ穴から楽にしてやろう」

征二は嗤い、傍らのワゴンから一本の淫具を取り上げた。それは、白いボールを数珠《じゅず》繋ぎにした細身のバイブレーターだった。

割り開かれた足の間へ廻ると、やおらバイブを沈めてきた。この日二度目となる肛門への異物挿入に、紗耶は鼻声で喘いだ。

排泄器官にものを入れられる――。つい二、三日前なら信じがたいことだった。もちろん肛門による性交、すなわち『アナルセックス』という行為がアダルトビデオなどで行われていることくらいは知っている。しかしそれは氾濫《はんらん》する情報の中から一方的にインプットされた知識であり、紗耶にとっては別世界で行われる変態行為にほかならなかった。

——なのに感じてしまうなんて……。

想像を絶する我が身の変化に、紗耶は愕然とした。肛門にバイブを捻じ込まれ、脳天まで駆け上がったのは、おぞましさと痛みだけではない。この妖しげなときめきは性行為がもたらす快感、オルガスムスの前兆だった。

スイッチが入れられると、甘美な疼きはより明確になった。小刻みな震動は肉壁を隔てたヴァギナにも燃え伝わり、紗耶は「あっ」「いやっ」と瘧《おこり》のように躰をのたうたせた。

「前にも欲しくなってきたようだな」

「……はい……」

——これはクスリのせいだ。本心から望んだことじゃない。

ふたたび自身に言い訳し、この疼きを鎮めてくれるよう訴えた。

「だったらマンコは、俺のイボマラで塞いでやろう」征二は腕の拘束を解き、紗耶が横目を流す先でズボンとブリーフを脱ぎ捨てた。「しゃぶれ」

命令に従い、顔を仰け反らせて怪異なペニスを咥えた。じきに頭に血が昇り、意識が混濁しはじめたが、ねぶり立てる舌の動きは休めず、フェラチオに没頭した。

「おまえを徹底的によがり歔かせてやる」

ペニスが固く育つと、M字に開いた股の間に征二が立った。濡れそぼった陰裂にペニスの先端をあてがい、ぬるり、ぬるりと焦《じ》らしつける。たまらず紗耶は「お願い!」「早く!」と涙声でねだった。しかし征二は、どこまでも冷酷だった。

「入れてほしければこう言え」

そう切り出し、復唱するよう命じた口上は、意地や気位を粉々に打ち砕くものだった。これが正気だったら一言すら発することはできない。だが、煽りに煽られた獣欲の炎は抑えようがなく、紗耶は噎び泣きながら淫猥なセリフを口にした。

「わたしは、紗耶は、淫乱な、め、牝豚です……どうか、赤剝けたオマ、オマンコに……ぶっといチンポを、突っ込んでください……めちゃくちゃに犯して、紗耶を、ふしだらな紗耶を、いき狂わせてください……」

言い終えると屈辱の涙が堰《せき》を切った。またひとつ堕ちてしまったことに、声を震わせて泣きじゃくった。が――。

要求はそれで終わりではなかった。征二は正真正銘の悪魔だった。

「じゃあ、自分でマンコを広げてみせろ」

「……そんな……そんなあぁ」

泣き濡れた顔をもたげ、紗耶はイヤイヤをする子供のように揺らした。いくら貶《おとし》められようと、そんな恥知らずな真似はできない。

「おまえは牝豚だろう？　だったら牝豚らしく牡を誘ってみろ」

「いやです、絶対にいや」

「ならおあずけだ。おまえが自分で広げないかぎりな」

その言葉を最後に無言の時が訪れた。静寂が地下室に降りるなか、荒い吐息のみが耳に届く。ハアッ、ハアッと苦しげに喘ぐその息遣いに、湿った響きもまじりだした。それはすぐに啜り泣きへと変わり、紗耶の胸から反撥心を奪い去った。

――もう駄目、耐えられない……。

媚薬の力に抗うなど、とうてい不可能なことだった。我慢を試みた分、淫らな欲望は極限にまで達しようとしていた。紗耶は屈服の涙を滴らせ、陰毛を失った女の丘に掌を滑らせた。愛液にぬめる肉襞に慄える指を添え、そっと左右にくつろげる。

「お願いします……牝豚の紗耶を……どうか、慰めてください」

「ここまでくるのに、随分と手間をかけさせてくれたな。本来なら失神するまで焦らし抜くとこだが、今日だけは勘弁してやる」

居丈高にそう結ぶや、一気にヴァギナを貫いてきた。

「ああああァッ!!」

我知らず絶叫し、背筋を反らせた。自由になった両腕をばたつかせ、あられもなく身悶えた。それほどまでに征二のペニスは圧倒的だった。媚薬に爛《ただ》れた粘膜を掻き毟り、抜き挿しするたびに女の逆りを絡め取ってゆく。拡張感もすさまじかった。張り出した雁首に秘孔が捻じ込められ、ときに鈍い痛みが燃え拡がる。だが、その痛みは快くもあった。肛門から伝わるバイブレーションと混ぜあわさり、腰のあたりを甘くとろけさせた。

「どうだ？　真珠入りのマラは？」余裕綽《しゃくしゃく》々に腰を振り立て、征二が訊いた。「イボに抉られる感触がこたえられないだろう？」

紗耶は顔を背け、「あっ」「あっ」と喘ぎが洩れる口を手の甲で塞いだ。そんな問いに、ましてや卑劣な手段で自分を犯した男に、進んで返事などできない。とはいえ征二の指摘は事実でもあった。媚薬によって鋭敏になった躰は、異形のペニスから繰り出される刺激をはしたなく貪り、女の脆《もろ》さを露呈して喜悦に打ち震えた。

「いくときは『いく』と言え」

雄々しく律動しながら命じられ、紗耶はガクガクとうなずいた。拘束された躰をうねらせ、羞恥の枷を解き放ち、本能に身を委ねた。

ほどなく脳裏に萌した靄に極彩色の光が乱舞しはじめる。

「ああッ、いきそうッ、駄目ッ、もうッ」

快楽に溺《おぼ》れた顔を振り立て、紗耶は「いきそう！」と繰り返し叫んだ。恥じらいもプライドもかなぐり捨て、そのまま一気に昇り詰めようとした。ところが——。

狂おしく渇望したエクスタシーは訪れなかった。あと少しで達しようかというとき、それまでストロークしていた腰遣いがふいにやんだのだ。事態が呑み込めず、紗耶は荒い吐息に喘ぎながら、ぼんやりした眼差しを宙に泳がせた。

「まだいかせはしない。寸止めの苦しさをたっぷりと味わえ」

「……そんな、ひどい……」

ニタリと嗤う征二を恨み、紗耶は悔し涙をこぼした。出口を失った官能の奔流は、気が狂わんばかりの歯痒さとなり、肉欲の虜と化した女の体内で逆巻いた。

「精根尽きるまで犯し抜いてやる」

征二は子宮を貫く勢いでグラインドを再開し、乳首とクリトリスを指先で揉み込んだ。首筋や腋の下に長い舌を這わせ、無様によがり歔かせもした。

だが、きわめる直前まで追い詰めても、最後の一線は決して越えさせなかった。『寸止め』とはまさに至言で、オルガスムスに辿り着けない生殺しのような責め苦に、紗耶は総身を振り立てて歔き狂った。

「お願いです、いかせてください！　このままだと本当に、本当に狂ってしまいます！　お願い。いかせてッ、いかせてえェッ!!」

地獄の『寸止め』が五回を数えた頃、紗耶は泣き喚いて哀願した。そこでようやく待ち焦がれた瞬間が訪れ、熱い精を子宮に浴びた直後、フッと意識が弾け飛んだ。

15

ありあわせの材料でスタミナジュースを作り、それを手に美冬は二階へ上がった。

紗耶は今朝、食事をかなり残した。頑張って食べようとしたんですけど……。そう前置きした彼女は、言いつけを守らなかったことを申しわけなさそうに詫びたが、食欲がないのも無理はなかった。前の晩、彼女は媚薬責めに遭い、失神するまでよがり狂わされたと聞いている。面窶《おもやつ》れや顔色の悪さはうまく化粧でカバーしていたものの、凌辱生活は三日目を迎え、心労がピークに達しているのは明白だった。

朝の調教の前、食器を下げにいったときと同じく、紗耶は窓辺に座っていた。

「これ、お腹《なか》が平気なら飲んで。朝ごはんが食べられなかった代わりに。ちなみに中身は、バナナとパイナップルとミルクよ。ミキサーにかけてシェイクしたの」

テーブルの向かいに腰を下ろし、紗耶の手前にグラスを置いた。しかし彼女はじっと見つめるだけで、手を伸ばそうとはしなかった。

「もしかしてミルクとかって苦手？」

紗耶はかぶりを振り、「ただ、なんていうか……」と口籠った。俯く顔にかすかな恥じらいが滲んでいるのを見て、美冬はためらうわけを察した。

紗耶は昨日に続き、朝のトレーニングと称して口唇奉仕をさせられていた。征二の調教計画に変更がなければ、つい三十分くらい前、繁と哲平をフェラチオでいかせているはずだ。連日、最後は口内射精を受け、一滴残らず飲まされているとも聞いていた。それらを念頭にあらためて窺えば、グラスの中のスタミナジュースは、色合いも、ドロドロ具合も、精液にそっくりだった。

「ごめんなさい。栄養ばっか意識しちゃって、ほかのことに気が回らなかったわ」

無神経だったことを謝り、美冬はグラスに手を伸ばした。すると「いえ」とつぶやいた紗耶が先にグラスを摑んだ。

「せっかく作ってくれたんだから、ありがたくいただきます」

「別に義理立てする必要はないのよ。なんだったら違うジュースにする？」

紗耶はもう一度「いえ」と言い、これで大丈夫です、と吹っ切れた面持ちで続けた。そしてグラスに口をつけ、とくに動じることなく三回に分けて飲み干した。

「ごちそうさま。おいしかったです」

グラスを置き、紗耶がスッと会釈した。美冬は「どういたしまして」と返礼し、ほのかな笑みを揃えた。それから空白が流れ、タバコを喫ってもよいかと尋ねると、紗耶は「どうぞ」と掌を差し伸べ、その手で摑んだ灰皿をテーブルの真ん中に置いた。

「だいぶ参っているみたいね」

吐き出した紫煙を朝の光に漂わせ、おもむろに切り出した。睫毛を伏せた紗耶は「信じられないことの連続ですから」と抑揚なくこたえ、自嘲まじりに目許をなごませた。

「でも、どんなに屈辱であっても、ひたすら我慢するしかないんですよね？　そうなることを選んだのは、わたし自身なんだから」

後半は明らかに皮肉だった。しかし憤慨などしない。むしろ子供っぽい八つ当たりが微笑ましかった。精神の平衡を保ち、喜怒哀楽をストレートに表せることに安堵もした。だからといって、場当たりに慰めるつもりは微塵もない。美冬は「そのとおりよ」と揺るぎなく首肯し、これまでと同じく「あなたは耐えるしかない。そして娼婦のように生まれ変わるしかない」と因果を含めた。

「娼婦ではなく奴隷でしょう？　あの人たちが仕立てようとしているのは」

「命じられたことには逆らえない。それを考えると、そう感じるのも無理はないわね。ただ、呼び名がなんであろうと、あなたが取るべき態度はいっさい変わらないわ」

「命令に背けば凄惨なリンチを受けるって言うんでしょう？　でも、わたしにとってはリンチも同然です、ここで強制されることは」

「それは違う」美冬はきっぱり断じた。「紗耶、あなたの考えは甘すぎる。はっきり言って、おめでたいくらいに」

「なにが違うんです？　どこが甘すぎるんです？」

「ヤクザのリンチっていうのは、あなたが想像しているような、そんな生やさしいものではないの」タバコを灰皿に押しつけ、鋭く紗耶を見つめた。「たとえば今朝、あなたが強いられたこと、つまりフェラチオだけど、あれひとつを例にしたって、えげつないリンチに泣き叫んだ女がいたわ」

いまから三年前に――。そう言い添えるや、紗耶の瞳に怯えが走った。具体性がある物言いに、作り事ではないと感じ取ったのだろう。もちろん、これから聞かせようとしている話は、紛れもない事実だった。

「その女はね、あなたと同じで、毎日のように精液を飲まされたの。『朝のデザート』と称して。でもある日、噎せて吐いてしまった。そしたらどんな罰が与えられたと思う？　盛りつけたドッグフードに何十人ものチンピラが射精して、グチャグチャに掻き混ぜたそれを無理やり食べさせられたのよ。『躾がなってない牝犬にはお似合いのエサだろう』って。ヤクザはね、そういう狂ったことを平気でするの。だからリンチを舐めたような発言は絶対にしちゃ駄目、彼らの前では。『だったら本物のリンチを教えてやる』って、そんな流れになるに決まっているもの」

話の途中から、紗耶はすっかり蒼褪めていた。言葉を吐き連ねるにつれ、美冬の胸も不快な色に染まっていった。掻い摘んで語った忌まわしいエピソード――。それは、和合会幹部の屋敷に捕われていたとき、美冬自身が体験したことだった。

「もう耳にタコができているでしょうけど、なんでも言うことを聞いていれば、そこまでひどい目には遭わないわ」

バスローブの上から自分の躰を抱き締め、紗耶は顎を引いた。「もしそんな仕打ちをされたら、わたしは、気がふれてしまう……」

意外ではあるが、その可能性はゼロに等しかった。理性や羞恥心を失くさず、それでいてセックスの虜になる。これまで征二たちに調教された女は、十人が十人、傍目《はため》にはなんら変わらず性の奴隷へと変貌した。美冬が知るかぎり、堕ちていく過程でおかしくなった女はひとりもいない。見方を変えると、天道会きっての調教師は、それほどまでに『女』というものを知悉《ちしつ》していた。

とはいえ、そうした内幕をあえて明かすつもりはなかった。美冬は「あなたさえ素直にしていたら、できるだけフォローするわ」と請け負い、ほかに頼みごとはないか尋ねた。

「弟に逢わせてもらえませんか？　五分でも、いえ、一分でもいいんです」

切々と縋りつかれ、思わず『じゃあ確認してみる』と口走りそうになった。だが、計画に支障を来たすので許可なく逢わすなと厳命されている。美冬はかぶりを振り、それはできないと退けた。

「でしたら電話をさせてください、会社に」

その点は、着付けを教える際にでも指示する予定になっていた。今日で三連休が終わり、翌火曜日から新しい週がはじまる。なのに紗耶が出社せず、無断欠勤が続けば、警察沙汰《ざた》になるのが目に見えていた。そうした危険要素を排除するには、休暇願いを申請させるなど事前工作をしておく必要があった。

わかった、と美冬はうなずき、要望はそれで終わりか尋ねた。紗耶は上目遣いに見返し、あとひとつお願いがあります、と遠慮がちにこたえた。

「わたしには婚約者がいるんです。たぶん、留守電かメールが何本か入ってると思うんで、彼にも連絡をさせてください」

今度もすぐさま了承した。その一方で、人心地つく紗耶を少し意地悪く見つめた。ヤクザの手に落ち、昼も夜もなく凌辱されているのに、まだ幸せな未来を夢見ているのか。それがフィアンセに伝える最後のメッセージになるかもしれない。そんなことも考えた。だがむろん、余計な口出しは差し控えた。

16

夕食のあと、美冬の指導を受けながら、紗耶は桃色の小紋に着替えた。着物に袖を通すのは成人式のときに振り袖を着て以来、およそ五年ぶりとなる。自分で帯を巻くのは初めてだった。だが昼間、美冬が手取り足取り教えてくれたおかげで、さして戸惑わずに着付けを済ますことができた。

「紗耶、とってもきれいよ。あなたは着痩せするタイプだから、すごく上品に見える」

そう褒め讃《たた》えた美冬に促され、いつものごとく姿見の前に立った。着付けの練習をするたび目にした装いだが、美冬の言葉どおり、まるで若女将のように慎ましく映る。アップに結った髪も、やたらとつややかだった。

――こんなに着物が似合うなんて……。

姿見を覗くにつけ、ほのかに心がときめいた。それは決して自惚《うぬぼ》れではないと思う。反面、なんのために着飾ったのかを考えると、胸の裡は悲哀に曇った。

それから小一時間ほどして、部屋のドアが押し開けられた。戸口に繁が立ち、用意が整ったと美冬に告げる。彼女は「すぐに下りるわ」と繁に返し、テーブル越しに目顔をよこした。紗耶はうなずき、彼女に続いて椅子から腰を上げた。

一階に下りると和室に通された。初めて目にする和室は三十畳くらいあり、欄間《らんま》、襖《ふすま》、床の間、そして漂う畳の匂いが和の情緒を感じさせた。もっとも、慄える瞳をすえた先はそのかぎりではなかった。部屋の中央には一組の蒲団が敷かれ、三脚に載せたビデオカメラや撮影用のライトが周りを囲んでいた。

さあ上がって、と声をかけられ、紗耶は草履を脱いだ。畳に白足袋《しろたび》を滑らせ、凌辱のステージまで歩く。しばらく待つように言われ、白々と映える蒲団の上に正座した。柱に凭れた征二と目があい、スッと顔を背けた。

和室には征二と美冬のほかに、繁がそのまま残った。おそらく彼がハンディカメラを担当するのだろう。これまで幾度となく屈辱のシーンを撮られ、そんなふうに予測できてしまう自分がひどく憐れだった。

ほどなく和服を着た俵田が襖を開いた。紗耶は小紋の襟を押さえ、全身を舐め回す目から胸元を隠した。繁がビデオカメラを構え、正面に屈む。

「そんなに嫌がるんじゃねえよ」

苦笑まじりに言い、俵田が隣に胡座《あぐら》を掻いた。紗耶の肩を抱き寄せ、逆の手を襟元に挿し入れようとする。紗耶は「いやッ」と上半身を捩り、両手で俵田の腕を摑んだ。

「あなたに抱かれる覚悟はできています。でもその前に電話をさせてください。勤め先の上司と、それから、わたしの婚約者に」

「おお、そういう約束だったな」惚け顔で俵田は言い、隅に控えた美冬を呼び寄せた。「こいつに携帯を返してやれ」

はい、と美冬はこたえ、白いスーツのポケットから赤い携帯を取り出した。それを受け取った隙に俵田の手が襟元に滑り、紗耶は「あッ」と悲鳴を放った。

「後生ですから、そういうのはあとに――」

「電話くれえ、このままでもできんだろ」背後から乳房をまさぐり、俵田がヤニ臭い息を吐きかけた。「要はおめえが感じなければいいだけの話だ」

紗耶はクッと歯噛みし、摘まれた乳首がにわかに疼きだすのを感じながらフリップを開いた。メモリーの中から社長の携帯番号を選び、通話ボタンを押す。その間も俵田の手は休まず、紗耶の口から押し殺した喘ぎを絞り取った。

乱雑に帯がずり下げられるなか、杉村です、と返事があった。紗耶はまずプライベートな連絡であることを告げ、詫びに続けてさっそく本題に入った。

「実は、困ったことが起きまして……」

「なにがあったのかな?」

鷹揚《おうよう》に訊き返され、紗耶は涙ぐんだ。いまここで一部始終を打ち明けたら、杉村は必ず救出しようとしてくれるはずだ。しかし『余計なことを喋ったら弟をマラ詰めにかける』と前もって脅されていた。身内がトラブルに巻き込まれ、当分その処理に当たらなければならない——。話してよい事柄はそれだけだと念押しされてもいる。したがって、この電話で状況を打開することは不可能だった。

儚《はかな》い希望を胸の奥底にしまい、携帯を耳に当て直した。と、俵田が小紋の襟を摑み、左右に引きはだけた。

いきおい携帯を持つ手が引っ張られ、二の腕まで剝かれた前合わせから、紗耶は自ら腕を抜いた。でないと通話ができない。それを見越した俵田が「この薄皮を剝ぐ感覚がたまらねえんだ」と淫靡に嗤い、長襦袢《ながじゅばん》もぐいと引きはだけた。

「お願いします。あとにしてください」

送話口を親指で塞ぎ、紗耶はいまいちど懇願した。しかし俵田は聞く耳を持たず、肌襦袢の襟を摑むと、やおら割り開いた。

「ああっ、いやッ」こぼれ出た乳房を片腕で隠し、紗耶は上体を前のめりにした。「こんなのひどすぎます」

「上役さんに不審がられるぜ。あんまし待たせると」

せせら笑う俵田を涙目で睨み、引き剝かれた前合わせから両腕を抜いた。乳房を揉みしだく野卑な指遣いから意識を遠ざけ、ふたたび携帯を耳に当てる。

「すみません、お話の途中で」

「気にすることはないよ。それよりなにがあったの？」

「弟が、ごたごたに巻き込まれてしまったんです」

「弟さんがごたごたに？」

「……はい……」

沈んだ声でこたえ、紗耶は「あッ」と悲鳴を被せた。いやらしく乳首をこねくりながら、俵田が首筋に吸いついてきたのだ。

「どうしたの？」

「……なんでもありません」

平静を装い返事をすると、杉村が具体的な説明を求めた。

「すみません、それはまだお話しすることが……」

「誰かに口止めされているとか」

はい、と言いかけ、慌てて口を噤《つぐ》んだ。それで事情を察したらしく、杉村は「深刻なトラブルのようだね」と気遣わしげに語った。

「なにか私にできることはあるかな？」

「いまのところは大丈夫です」本心を抑え、紗耶はそう断じた。「ただ、わたしもしばらく弟につきあうことになって……」

沈黙を伝えたのち、杉村は「わかった」と了承を口にした。「身辺が落ち着くまで、会社のほうは病欠扱いにしておく」

「……ありがとうございます」

あたたかい配慮に目頭が熱くなった。相前後して、俵田の手が裾の中に分け入ってくる。陰部をまさぐる手つきは無神経きわまりなく、紗耶は声を殺して腰をくねらせた。

礼と詫びを重ね、通話を切り上げると、堰を切ったように「あッ」「あッ」という嬌声が口を衝いた。電話中、堪えに堪えた分、乳房と性器から燃え拡がる官能の炎に、半裸に剝かれた躰をのたうたせた。

「今度はおめえが気持ちよくする番だ」

最初のエクスタシーが訪れた頃、肩で息をする紗耶の正面に俵田が仁王立ちした。俵田はいつの間にか上半身をはだけ、まるで用を足すように両手で裾を掻き分けた。

「調教の成果を見せてみろ」

下卑た声で命じられ、紗耶はつい突きつけられたペニスを凝視した。前回目にしたときと同じく、黒ずみエラが張ったペニスはあたかも毒蛇を想わせた。

「もう一本、電話をかけてからに……」

火照った顔をペニスから背け、紗耶は小声で懇願した。しかし俵田は「おしゃぶりが先だ」とにべもなく、俯く紗耶の顎を無造作に摑むと、強引に割り開いた口の中に生臭いペニスを突っ込んできた。

紗耶は「うぐッ」と噎せ返り、見開いた目から大粒の涙をこぼした。それが嗜虐心に火をつけたのか、俵田は「カリを中心にねぶれ」とか「金玉を口に含んでベロで転がせ」などと淫猥な指示を次々と飛ばし、ときに腰を揺すり立てた。

そうして五分ほど奉仕させられると、だいぶ上手《うま》くなったじゃねえか、という聞きたくもない賛辞が耳に届いた。紗耶はペニスが引き抜かれた口からハッ、ハッと荒い息を噴き放ち、顎を伝う涎を手の甲で拭った。

「よし、彼氏に電話をかけてもいいぞ。ただし四つん這いの恰好でな」

横柄な俵田の声に、携帯に落とした目が丸くなった。

――まさか電話をしている最中にセックスの相手をさせようというの？

信じがたいことだが、目の前に立つヤクザの組長ならやりかねなかった。いや、これまでの仕打ちからして、その肚づもりでいるのは疑いない。

「お願いです、どうかそれだけは」

あまりの悪辣《あくらつ》さに、紗耶は土下座する勢いで哀訴した。だが、当然のごとく願いは聞き容れられなかった。あまつさえ蒲団の上に蹴り転がされ、無理やり腰を抱えられた。

「言うこと聞かねえと電話はさせねえぞ」

勝ち誇った脅し文句を背中に浴び、紗耶は泣き濡れた顔を左右させた。ここまで暴力的になられては抵抗のしようがない。

「かけんなら、いますぐかけろ」

屈服の涙を滴らせ、紗耶は四つん這いのポーズのまま携帯のフリップを開いた。雄一の携帯番号を選び、通話ボタンを押す。

「ああ紗耶、心配してたんだよ」第一声を吹き込むと、雄一はそう返してきた。「携帯も、マンションの電話も、全然繋がらなくなっちゃったもんだから」

「ごめんなさい、ちょっと電話に出る余裕がなくて――」

そこで返事は途切れた。俵田が小紋ごと腰巻きを捲り上げたからだ。剝き出しにされた性器にすかさずペニスがあてがわれる。紗耶は口許を手で覆い、凌辱の瞬間に備えた。それでもヴァギナを貫かれると、重い呻きが割って出た。

「どうかした？」

「……なんでも、ない」

ペニスを抜き挿しされ、返事はいやおうなく擦れた。しかし雄一は、紗耶にとって都合のいい解釈をしてくれた。

「もしかして、泣いてるのか」

「……ええ。これからどうすればいいのか、わからなくて……」

「なにがあったんだよ？」

「幹久がね、あんんッ――」

いきなりクリトリスを摘まれ、紗耶はまた口を覆った。平常心を嬲る快楽の雫を呑み下し、すぐさま先を続ける。

「ごめんなさい、ちょっと噎せちゃって」

「別に慌てなくていいよ。――で、幹久君がどうしたの？」

「手違いというか、トラブルを起こしてしまったの」

「トラブル？　いったいどんな？」

「いまは、んんッ――」

なんとしても喘がせたいらしく、紗耶の背中に覆い被さった俵田の指が、しこる乳首を弄びはじめた。紗耶は「ごめんなさい」と手早く詫び、口を衝く嬌声を噛み殺した。

「いまはまだ教えられないの。話がとても込み入っていて……」

「だったら僕にも協力させてくれよ。幹久君は僕の義弟《おとうと》でもあるんだから」

「……ありがとう」

そう返事するのがやっとだった。これ以上、ケダモノ以下の男に犯されながら、愛する者のやさしさに接するのは耐えがたかった。

「いつか、なにもかも話せるときがきたら、真っ先にお報せします」

一方的に話を結び、睫毛を払って携帯を切った。

それを合図に紗耶の腰を両手で掴み、俵田がストロークを強めた。恋人を裏切った哀しみと諦念がまじりあい、紗耶は「あッ」「あッ」と歔き悶えた。その声に携帯のコールが重なる。雄一からの返信にほかならなかった。

「もうこいつは用無しだろ」

肩越しに腕を伸ばし、俵田が携帯を捥《も》ぎ取った。邪魔だと言わんばかりに床の間のほうへ投げつける。柱に当たった携帯は、パーツが飛び散っても鳴り続けた。その様子を霞む目で捉えながら、紗耶は込み上げる快感に「ああッ！」と腰を反らせた。

17

東京へ帰る俵田を見送るため、玄関ホールを抜けた美冬は、アプローチに整列した組員らの最後尾についた。あとに続いた紗耶も、すぐ隣に並ぶ。

紗耶が建物を出たのは三日ぶりのことだった。昨夜、彼女を犯した俵田が「こんなに興奮したのは久々だ」と大満足を示し、褒美として庭に出ることを許したのだ。

昨日と同じく、紗耶は桃色の小紋に袖を通していた。和風美人というよりエキゾチックな顔立ちをした彼女だが、凌辱されてもなお色褪せない清潔感のせいだろう、陽の光の下で見る着物姿はまた一段と麗しかった。

ほどなくドアの奥から俵田が出てきた。性豪の目にも今朝の紗耶はことさら美しく映えたようで、石造りのステップを下るや、鼻の下を伸ばして彼女に歩み寄った。

「俺は金曜日の午後に戻ってくる。それまでしっかり精進するんだぞ」

腰をもじつかせ、紗耶は「はい」と消え入るようにこたえた。俵田はポン、ポンと彼女の尻を叩き、低頭する組員らに見送られて駐車場へと歩いた。

俵田を乗せたベンツが生垣の先に消えると、美冬は「さて」とつぶやき、傍らに佇む紗耶に笑顔を振り向けた。「お庭をちょっと歩きましょうか」

敷地内にかぎり散歩させる――。それも俵田から許可されたことだった。紗耶は慎ましやかにうなずき、前庭に足を向けた。

花壇にはリンドウやコスモスが花をつけていた。瓢箪《ひょうたん》形をした池には何十匹もの錦鯉が泳ぎ、鮮やかな彩りが目を楽しませた。池のほとりに植わった柿の木には熟した実がいくつも色づき、晴れ渡った秋の空を青々と引き立たせていた。

それらの庭景色をゆっくり眺めて回り、築山に差しかかったところで紗耶が足を止めた。レイアウトの関係上、彼女に与えた部屋からは稜線すら窺えないが、この位置まで来ると敷地を囲む雑木林の先に富士山が見えた。

「これでわかったでしょ？　どのへんにいるか」

紗耶の横に並び、美冬は訊いた。はい、と彼女はうなずき、正面に向き直った。

林越しに見える富士山は頂を白く染め、深まる秋の趣を感じさせた。

「きれいですね」

やがて紗耶がぽつりとつぶやいた。美冬は『ええ』と相槌を打とうとして、ハッと息を呑んだ。遠い目をした彼女の頬に、一雫の涙が伝ったからだ。

そんな彼女がいじらしく、安っぽい慰めが喉元まで出かかったときだった。

ふと視線を感じ、建物のほうを見ると、勝手口に続く通路に、黒いジャージを着た幹久が立っていた。手には箒を持っている。

目があうと彼はさっと俯いた。なのに、まだ誰かに見られている気がした。

背後を顧みると、玄関ポーチに征二の姿があった。遠目にも紗耶と幹久を交互に見ているのがわかる。

――いったいなにを企《たくら》んでいるのか？

囚われの姉弟を眺める顔には、怪しい薄笑いが張りついていた。

◇　◇　◇

食後の皿洗い、トイレ掃除、風呂のブラシ掛け……。いつものように午後の雑用を済ませると、幹久は二階の自室に戻った。これから夕食の準備を手伝うまで、突発的な用事を命じられないかぎり自由でいられる。

後ろ手にドアを閉めると、首元まで閉めていたチャックを下ろした。汗ばんだTシャツの裾を両手で煽り、窓辺の椅子に座る。空気を入れ替えるため、格子の窓は開けてあった。吹き込んだ風に頬を撫でられ、自ずと視線が庭に流れる。濃い緑に彩られた築山が目に入り、朝の光景が頭に浮かんだ。

淡い桃色の着物に身を包んだ姉――。彼女の着物姿を見るのは五年ぶり、成人式以来のことだった。そのときの振り袖姿もまぶしかったが、今朝の姉はモデルか女優のように見えた。そう譬えても決して大袈裟ではないと思う。実際、彼女は何度となく芸能事務所からスカウトされている。もし本人にその気があったら、いま頃メディアを飾っていた可能性もゼロではなかった。

そう納得した反面、訝しさも覚えた。この数日、姉は徹底的に辱められているはずだった。拷問部屋でレイプされる姿を目の当たりにした以外、酸鼻な場面は見ていない。許可なく姉の部屋に近づいたらリンチにかけると脅されていたので、泣き叫ぶ声を聞いたわけでもなかった。だが「おめえの姉貴は最高だ」とか「たっぷり愉しませてもらったぜ」と組員らに嗤いかけられ、姉の身になにが起きているのか察しがついた。

自分の身代わりとなり、姉が躰で落とし前をつけさせられる因果は、ここに連れてこられた当日、俊也から言い含められていた。しかし、憧れてやまない姉がチンピラの相手までさせられようとは想ってもみなかった。

そもそも、類稀《たぐいまれ》なる美貌とは裏腹に、姉はきわめて奥手だった。躰を許した男は、おそらく学生時代に二年間交際した美大の先輩と、あとは園垣雄一だけに違いない。そんな初心ともいえる女性がチンピラどもに輪姦されたとしたら……。正気を失い、見る影もなく窶れてしまうことも考えられる。

なのに、今朝見た姉は息を呑むほどきれいだった。若々しさが損なわれるどころか、持ち前の美しさにより磨きがかかった気もした。さらに言うなら、つい二、三日前にはなかった色っぽさも見受けられた。

——まさか、あいつらに抱かれたおかげだとでもいうのか？

信じたくはないが、ありえない話ではなかった。幹久は「くそっ」と独りごち、きつく奥歯を嚙み締めた。自分の過ちが万事のはじまりであることは棚に上げ、大好きな姉を弄ぶ下劣なヤクザを憎み倒した。

ただし、湧き起こったのは憤怒ばかりではなかった。あろうことか、激しい怒りの裏には姉を自由にできる羨望《せんぼう》と妬《ねた》みが見え隠れしていた。

その事実に幹久は愕然とした。とはいえ自己嫌悪に陥ることはなかった。項垂れるより早く、いきなりドアが押し開けられたからだ。

幹久は飛び跳ねるように腰を上げ、ジャージのチャックを急いで閉めた。そんなことには関心を示さず、踏み込んできた征二は目の前で足を止めた。

「言いつけを守り、しっかり務めを果たしているようだな」

「え？」予想外の言葉に、幹久は目を瞠った。

「掃除、洗濯、その他の雑事、手を抜かずに務め上げていると聞いた」

淡々と褒められ、ますます困惑させられた。いったいなにを考えているのか。表情のない冷えた目つきからは、まったく気持ちが読み取れない。白いシャツに黒いズボンをあわせたいでたちはラフでいながら隙がなく、いかにも筋者然としていた。

「おまえにその褒美をやろうと思う」

「……褒美、というのは？」

「姉貴がよがり狂っているビデオ、観てみたいと思わないか」

幹久はリビングボードに横目を流した。外部の情報を遮断するためだろう、その上に置かれた液晶テレビはアンテナコードが外され、どのチャンネルも映らない。しかしＤＶＤプレイヤーともども機能的には問題がなく、ディスクさえあればビデオ観賞ができることはチェック済みだった。

その事実を再認識した直後、幹久はまたもや愕然とさせられた。姉さんが犯されているところを観たいだなんて、気でも狂ったのか！　胸裡に向けて叱責し、否定の言葉を吐こうとした。だが一瞬早く先手を打たれ、反駁の声は喉元で萎《しぼ》んだ。

「決して観たくないわけじゃなさそうだな。即座に拒まなかったということは」

幹久の内心を看破し、征二は勝ち誇ったように嗤った。そして「第一弾のディスクは今週の土曜日にアップする」と言い足し、さっと踵を返した。

18

週の後半を迎えても、日夜を問わず繰り返される凌辱の手が緩むことはなかった。俵田が帰京した火曜日のみ『調教の中日』と称して朝と昼は休息が与えられたものの、夜には鞭打ちを浴びせられ、声が嗄《か》れるまで涙を絞り取られた。

「これから三日間、おまえにはマゾの気《け》があることを思い知らせてやる」

そう断じた征二により、翌水曜日には蠟燭《ろうそく》責めにかけられた。例の『拘束台』に裸身を縛りつけられ、おののく肌にポタリ、ポタリと赤いロウが弾けるたびに、紗耶は泣き顔を振りたくり、あられもなく躰をのたうたせた。

乳房、腋、臍《へそ》、内腿と、躰の敏感な部分を襲った悪魔の雫は、割り開かれた股の中心にも赤い斑点を作った。クリトリスだろうが肛門だろうが容赦はなく、滴りは満遍なく陰部を灼いた。身を斬る熱さに号泣し、気を失いかけても、蠟燭を持つ征二の手は休まなかった。この残虐きわまりない拷問は、紗耶が白目を剝き、失禁するまで続いた。

縄の味を教えてやる、と黒ずんだ麻縄で乳房や股間を締め上げられ、身じろぎさえ封じられたうえで鞭打たれもした。事前に「このバラ鞭は初心者向けだ」と説明されたが、背中や臀部に走る痛みは口ほど軽くはなく、紗耶は吊られた裸身を弓なりに反らせ、重く澱《よど》んだ地下室に苦鳴を放った。

木曜日には乳房や性器に電極パッドを貼りつけられ、官能の襞を揺さぶる妖しげなパルスに無理やりオルガスムスをきわめさせられた。そして前日に続いて失禁させられたあと、ヴァギナと肛門に『パールローター』という小型のバイブレーターを呑み込まされ、性感の炎に嬲られるなか、とどめとばかりに激しく鞭打たれた。

征二がそう宣言したとおり、火曜日からの三日間はサディスティックな責めの連続だった。いつものごとく、泣き喚く顔や悶絶する姿をビデオに撮られもした。ただし、与えられたのは苦痛だけではなかった。

心身ともに疲弊しきり、よろめきながら二階に上がると俊也が部屋で待っていた。バスローブを脱いでベッドに横たわるよう命じた彼は、消炎剤のローションを全身に塗り込め、鞭打ちによる疼痛《とうつう》をやわらげてくれた。

繁と正和を引き連れ、俊也は夜も訪ねてきた。そして撮影機材のセットが済まされ、いくつものレンズが向けられるなか、紗耶は彼に抱かれた。

フェラチオ調教のときにも感じたことだが、俊也とのセックスは、それが強制されたものであることを忘れてしまうくらい甘美だった。愛撫のみならず、耳朶を擽《くすぐ》るソフトな囁きにも女心がほんのり疼いた。

——流されてはいけない。これでは本当に雄一さんを裏切ることになる。

紗耶は下唇を嚙み、肉欲を煽る快感に抗った。だが、野太いペニスで突き上げられるたび喘ぎが洩れ、気がつくと俊也の躰にしがみついていた。求められるままにディープキスにも応じた。最後は「いくッ！」「いくッ！」と髪を振り乱して泣き叫び、以前なら気恥ずかしさが先走った犬のようなポーズで昇り詰めた。

明けて金曜日の朝——。前夜に続き、紗耶は肉体を開かされた。
今度の相手は征二だった。やさしさを武器とする俊也とは異なり、征二とのセックスからは一片のいたわりも感じられなかった。麻縄で後手に縛られ、乳房も根元から縊り上げられ、上半身の身動きを奪われた恰好で犯し抜かれた。痛みを訴えても「そのうち悦びになる」と征二は嗤って聞き流し、凌辱の度合をますます強めた。おかげで紗耶は、苦痛と快楽、ふたつの涙にまみれながら達する羽目となった。

「いつまで泣いてる。とっとと起きろ」

わななく顔を横に伏せ、シーツを濡らしていると、冷ややかな声を浴びせられた。征二はすでにシャツとズボンを身につけ、ビデオカメラや撮影用のライトは部屋の隅に片付けられていた。紗耶が朦朧としている間に部屋を出ていったらしく、撮影を担当した繁と哲平の姿はどこにもなかった。

紗耶は躰を捩り、後ろ手に縛られた上体をのろのろと起こした。こっちに背中を向けろ、と続けざまに指示され、爪先と膝を使って躰の向きを変える。征二は縄尻を摑み、船荷でも扱うような乱雑な手つきで緊縛を解いた。

「どうだった？　縛られてのセックスは？」

ほどいた縄をベッドに放り、口角を歪めて征二が訊いた。紗耶は自由になった手で潤んだ目許を拭い、問いかけを無視した。もともと返事があるとは思っていなかったらしく、征二は「なかなか燃えるものがあっただろう」と手前勝手に話を結んだ。

「それはそうと、今日の夕方、組長《オヤジ》がこっちに戻ってくる。インターまで迎えにいったり、買出しをしたり、俺らはなにかと忙しくなるんで、午後の調教は休みにしてやる」

居丈高にそう言い、征二が廊下に消えると、太息が口を衝いた。紗耶は手首や二の腕に刻まれた縄の紋様をさすりながら、ぼんやりあたりを見回した。そして気づいた。征二がとんでもない『忘れ物』をしていることに。

俵田の出迎えばかりに気がいっていたのだろうか、紗耶を縛り上げるのに使った麻縄は、ベッドの上に放り出されたままになっていた。

◇　◇　◇

「あの娘《こ》、こっちの思惑どおりに動くかしら？」

薫り立つカップを手に、美冬は訊いた。サロンに戻ってきた征二は「十中八九」とこたえ、応接セットの向かいに座ってカップを受け取った。

「一見おとなしそうに見えるが、芯はかなり強いほうなんで」

征二はそう続け、カップに口をつけた。納得の色を覗かせ、美冬もコーヒーを飲んだ。

紗耶が逃亡を企てるよう、征二は麻縄を置いて彼女の部屋を出ていた。これは千載一遇のチャンスだと思わせるべく、午後は監視が薄れることも言い伝えてある。あとは罠にかかった彼女がアクションを起こすのを待つだけだった。

「それにしても芸が細かいわね。お仕置きの口実を作るために、わざわざ逃がすなんて」

「組長《オヤジ》はマンネリを嫌うんで、この手の芝居仕立ても一興かと。調教のほうもアナル尽くしと洒落込みます。早くケツの穴を試したいと催促されているんで」

美冬は「そう」とつぶやき、手元のカップに目を落とした。

今夜、紗耶はいよいよ肛門のヴァージンを散らされる。それだけでも屈辱きわまりないのに、アナルセックスにはもうひとつ、誇りや尊厳を打ち砕く狂気の責めがセットになっていた。果たして彼女は、その責めに耐えられるのか。あまりの衝撃に、どこか異常を来たしてしまうことも考えられる。傍目には変化がなくても、心に深い傷を負うのは間違いなかった。

そのことを想うと、同性として、また、かつて同じ責め苦を味わった者として、美冬の胸は重く塞いだ。

19

空の器を盆に載せ、美冬が部屋を出ていくと、紗耶はバスローブを脱いで下着姿になった。

クローゼットを開け、あらかじめ吟味しておいた伸縮素材のワンピースを摑む。いわゆる『ボディコン』と呼ばれるタイプで、裾丈は極端に短く、色もミントグリーンと派手にすぎたが、与えられた服の中では最も動きやすく、それが決め手となった。同じ理由から、靴はヒールの低いミュールを選んだ。

着替えが済むと窓辺の椅子に腰掛け、外の様子を窺った。前庭の垣根を越えた駐車場には、黒塗りの大型乗用車と、紗耶を拉致した白いワンボックスが停まっている。その二台を眺めながら、紗耶はいまいちど計画をシミュレートした。

まず、努めて泰然と女子トイレに入る。廊下と違い、トイレには監視カメラが設置されていない。よって、不自然な物音を立てないよう注意し、昼食前に隠した麻縄を洋式便器のタンクから取り出す。そして均等に折り、洗面台のパイプに結びつける。麻縄は十メートル以上あり、二本に束ねても長さは充分に足りた。窓の高さも一・二メートルくらいなので、これも問題なく攀《よ》じ登れる。麻縄を伝って地面に下りたら、以前、美冬から聞いた『裏道』を辿って公道に出るつもりだった。そしてあとはひたすら走る。一分間に三百メートル進むとして、長くても二キロ、時間にして七、八分も走れば、なにかしら人家に行き当たると踏んでいた。あるいは通行車輌を止め、ドライバーに事情を話してもいい。とにかく警察に連絡が取れさえすれば、もう大丈夫だった。もし助けを求めている間に事が発覚しても、弟をよそに連れ去ったり、リンチにかける余裕はない。そう結論づけると多少緊張がやわらいだ。

ただし、まったく懸念がなくなったわけではなかった。警察に保護されれば当然、事情聴取を受けることになる。その席で凌辱の日々を打ち明けることを考えると、気分は昏く翳った。いずれ公判となれば『セカンドレイプ』にも遭うだろう。

弟の処遇も気掛かりだった。たとえ無実が証明されても、いかがわしいトラブルを引き起こしたことに変わりはない。結果、世間から白い目で見られ、就職やその他に支障を来たすことは避けられそうになかった。

同じことは自分自身にもいえる。ヤクザに監禁されたＯＬ。性欲の捌け口となった女――。そんなレッテルを貼られてもなお、幸せな家庭が築けるとは思えない。それ以前に、どんな顔をして雄一と逢えばよいのかわからなかった。

そこまで想いを巡らせたところで、紗耶はフッと溜息をついた。

――いまは逃げることに集中しよう。

先走った不安を打ち払い、窓の外をつぶさに眺めた。

その目がハッと見開かれたのは、それから小一時間後のことだった。玄関ポーチの三角屋根の下から美冬が出てきたのだ。彼女のあとには三郎、繁、哲平が続いた。

四人は煉瓦敷きのアプローチを一列に歩き、駐車場に停めたワンボックスに乗った。生垣の先にワンボックスが消えるのを見届けると、紗耶はすみやかに部屋をあとにした。

逸《はや》る気持ちを抑え、自然な装いで女子トイレに入った。洋式便器のタンクを開け、中に沈めた麻縄を取り出す。何度か振って水気を払い、真ん中からふたつ折りにして洗面台のパイプに結びつけた。念のため体重をかけて引っ張ってみたが、結び目が解けたり、千切れたりする気配はない。所用時間も約二分と、ここまでは順調だった。あとは勇気をもって行動するのみだ。

そっと窓を開け、あたりを窺った。敷地を囲む林と下草の緑が目につくばかりで、人気《ひとけ》はいっさいない。わずかに山鳥の囀《さえず》りが聞こえるだけだった。

紗耶は麻縄を掴み、窓から垂らした。洗面台からタオルを取り、助走をつけて窓に攀じ登る。若干バランスを崩したが、一度でサッシに足をかけることができた。

呼吸を整えつつ両手にタオルを巻いた。その手で麻縄を握り、意を決して宙吊りになる。

十数秒後、紗耶は難なく建物を脱していた。素早く周囲を見渡し、枯れ枝などを踏まぬよう神経を研ぎ澄まして角まで歩く。正面には駐車スペースがあり、その先に林を切り分ける小径《こみち》が伸びていた。美冬から聞いた『裏道』に間違いなかった。

スッと息を入れ、建物の陰から飛び出した。駐車スペースを横切り、下り坂になった小径を脇目も振らずに突き進む。

公道まで駆け下りると急いで左右を見渡した。ここで人里離れたほうに行ってしまっては意味がない。どちらに向かえばよいのか。ヒントは路肩を流れる小川にあった。水は南の方角に流れている。紗耶は覚悟を固め、下流に向けて駆けだした。

公道とはいえ、下は砂利敷きだった。ヒールの低さで選んだミュールも走るのには適さない。それでも頭に思い描いたペースを保ち、木漏れ日が揺れる山道を走り続けた。

やがて道はカーブを描いた。迫《せ》り出した木々に遮られ、行く手は見えない。もしかして逆だったのか……。そんな不安が込み上げ、後ろを顧みたときだった。

百メートルほど後方に黒い乗用車が迫っていた。その距離はみるみる縮まり、ドライバーの顔が明らかになる。紗耶は目を剝き、征二がハンドルを握る黒い車から逃げた。涙を滲ませ、轍《わだち》のできた砂利道を力のかぎり走った。が——。

カーブの先で足が止まった。吐息を荒らげながら茫然と立ち尽くした。前方から白いワンボックスが走ってきたのだ。道の両側は切り立っており、どこにも逃げ場はない。

じきに二台の車に前後を挟まれた。いっせいにドアが開き、いくつもの足音が近づいてくる。紗耶は泣き濡れた目で空を仰ぎ、その場にグラリと頽れた。

20

俵田と征二に従い、美冬は地下室に下りた。あとに続いた繁が配電盤を操作し、天井のスポットライトが暴力的に灯る。地下室全体が煌々と照らされるなか、紗耶の姿は柵際に敷かれた黒いマットの上にあった。

力なく俯いた彼女は全裸に剝かれ、天井から垂れたチェーンに両手を繫ぎ止められていた。もう二時間近くも爪先立ちで吊られているため、まっすぐ引き伸ばされた裸身は脂汗に濡れ輝いている。陰毛を失い白々と映える女の丘とは対照的に、手入れを禁じられた腋の下には無精髯《ぶしようひげ》のような翳りが密生していた。

鉄柵をくぐりマットの前に立ち並ぶと、俵田がタバコを咥えた。三郎が巨体を屈め、恭しく炎を差し出す。ふうと紫煙を吹かした俵田は、項垂れる紗耶を眇めた目で見つめ、両脇を固める組員らを振り返った。

「仕置きの準備にかかれ」

おす、と真っ先に応じた繁に続き、哲平と正和が壁に寄った。それぞれビデオカメラを取って戻り、マットの周りに設置しはじめる。セッティングが完了すると征二がマットに上がり、怯える紗耶の足下に屈んだ。

征二の手には長さ一メートルくらいの金属パイプが握られていた。パイプの両端にはロック式のフックとD字形のリングが取りつけられている。仲間内では『開脚棒』と呼んでいる拘束具だった。

鎖を緩めろ、と征二が命じ、頭上でガラガラと滑車が回った。紗耶を吊ったチェーンに弛《たる》みができ、ようやく踵《かかと》を下ろせた彼女がかすかな溜息をつく。だが、それも束の間のことだった。ヒッ、と喉が鳴ると同時に、片足を抱き取られた彼女の顔は恐怖に歪んだ。

「暴れるな」

身じろぐ紗耶を一喝し、征二が足を抱え直した。両手と同じく、彼女の足首には革枷が巻きつけられている。征二は革枷のリングに開脚棒のフックをかけ、抗う隙を与えず逆側の足も繋ぎ止めた。

「あぁ……」

無様に股を割り開かれ、紗耶の口から絶望の呻きが洩れた。それにかまわず、立ち上がった征二が二本のチェーンを引き伸ばしにかかる。それらのチェーンにも鉤《かぎ》形のフックが取りつけられていた。

ひとたび紗耶の手を自由にした征二は、再度「おとなしくしていろ」と彼女を脅しつけ、新たに掴んだ二本のチェーンを開脚棒のリングに固定した。次いで彼女の腕を強引に引き下ろし、手首に巻いた革枷のリングに開脚棒のフックを引っかけた。反対側の手も同様に拘束し、紗耶の抵抗を完全に封じた。

「こんな恰好はいや……」

バーベルを握る重量挙げ選手のようなポーズを取らされ、かぶりを振る紗耶の目から涙がこぼれた。しかし哀訴も虚しく、征二の目配せを受けた三郎が、滑車から垂れる二本のチェーンを力任せに引っ張った。

「ああッ！　いやあああああッ!!」

両足を掬われ、紗耶は尻餅をついた。開脚棒はなおも上昇し、泣き叫ぶ彼女の手足は限界まで吊り上げられた。あたかもおしめを替える赤ん坊のような姿勢となり、涙にまみれた彼女の顔はたちまち朱に染まった。

「泣くのはまだ早い」

酷薄に嗤い、征二がマットを下りた。地下室の隅に置かれたスチールラックから洗面器を取って戻り、マットの傍らに腰を落とす。フロアに置かれた洗面器には、グリセリンの原液のガラス瓶とミネラルウォーターのペットボトル、そして長さ三十センチ以上もある浣腸器があった。

征二はグリセリンの原液とミネラルウォーターを混ぜあわせ、手にした浣腸器で吸い上げた。浣腸器の容量は三〇〇ccだが、希釈したグリセリンはその三割程度しか入れられていない。量が多いと排泄物がドロドロに溶けて面白味が半減する。かといって小型のものでは見映えがしない。だから大きな浣腸器に一〇〇ccほど入れて責めるのだと、以前、彼がそう薄笑ったことを思い出した。

「……それは……」

立ち上がった征二の手元に目を留め、恐る恐る紗耶が訊いた。征二は口角を歪め、泣き濡れた彼女の顔に浣腸器を突きつけた。

「いまからこいつで、おまえの腐った腹ん中をすっきりさせてやる」

曖昧な返答に、紗耶は腑に落ちない表情を見せた。だが、なにをする道具かおおよその見当がついたのだろう、眦を裂いて「まさか――」と口走った。そんな彼女を残忍な目で見下ろし、征二がぐいとうなずく。

「そうだ、こいつは浣腸器だ」

紗耶はハッと凍りつき、「いやあぁッ！」と身も世もなく絶叫した。「浣腸なんていやッ!! お願いだから、そんな馬鹿なことはしないでッ！」

泣き喚く彼女は、繋ぎ止められた手足を狂ったように揺さぶった。

「美冬さん、お願い！　助けてッ！」

目があった瞬間、咄嗟に縋りつかれた。しかし組の決定事項には逆らえない。美冬は顔を背け、諦めを促した。そんな、と紗耶はつぶやき、ひときわ悲しげに啜り泣く。

「おめえに味方するやつなんざ、ここにはいねえよ」

征二から浣腸器を受け取り、俵田がマットに上がった。開脚ポーズで吊られた紗耶の足下に廻り、和服の裾を割って片膝を落とす。嘴管《しかん》を肛門に近づけ狙い定める目つきは、まるで薬物中毒者のように血走っていた。

「お願いです。浣腸なんて、そんなむごいことはしないでください」

ふたたび頭をもたげ、紗耶が懇願した。だが、浣腸器を構えた俵田はヒクつく肛門から目を逸らさず、往生際が悪いぜ、と嘲笑まじりに退けた。あまつさえ「先っぽが折れたら一生クソができなくなる」と脅しつけ、噎び泣く紗耶の胸から抵抗心を奪い去った。

「じっとしてるんだぞ」

俵田は念を押し、怯え窄まる肛門に嘴管をあてがった。直後、しゃくり上げる紗耶の口から引き攣った悲鳴がしぶいた。だが、事前の恫喝が効いたのか、グッと喉を反らせた彼女は、浣腸器が突き立つヒップをほんの少しもじつかせただけだった。

「どうだ？　初浣腸の気分は？」

俵田はすぐに注入しようとはせず、やおら嘴管を抜き挿しした。この嘴管は通常の製品より口径が大きく、アナルバイブのように段差がついている。材質も強化ガラスで、たとえコンクリートに落としても割れる心配はない。もし折れたら、という最前の脅し文句は、女をおとなしく従わせるための出任せだった。

「あぁ……いやあぁぁ……」

何度か抽送を繰り返し、ピストンが押し込まれると、生々しい喘ぎが洩れ聞こえた。俵田は事を急がす、少しずつグリセリンを注入してゆく。そのじれったさ、おぞましさを物語るように、濡れ光る紗耶の臀部に鳥肌が立った。眉間《みけん》には深い縦皺が刻まれ、閉じあわせた目尻からは大粒の雫がこぼれた。

「すっかり呑み込んだな」時間をかけ、一〇〇ccすべてを注ぎ終えると、俵田は勝ち誇った表情で嘴管を引き抜いた。「あとはお通じが来るのを待つだけだ」

その言葉に応えるように、ううッ、と呻いた紗耶が苦悶の色を浮かべた。早くもグリセリンが猛威を振るいだしたのだ。この悪魔の薬液を注がれたら最後、どんなに耐え抜こうと崩壊は避けられない。人前で排泄を強要され、ビデオに撮られる——。女にとって、これほど残酷な責めはなかった。

やがて紗耶の躰がくねりだした。それを横目で見ながら、征二がまたグリセリンを吸い上げる。幸か不幸か、瞳を潤ませた紗耶はそれに気づかなかった。

征二は「まだ音を上げるなよ」と紗耶に命じ、固定カメラを担当する正和を呼び寄せた。何事かを耳打ちされた正和はにやけ面でうなずき、一目散に地下室を出ていった。

それから数分後、幹久を伴い正和が戻ってきた。俯き加減に檻に入った幹久は、すさまじい痴態を目の当たりにするなり、目を剝いて「姉さん！」と叫んだ。

「ミッちゃん!?」頭を持ち上げ、紗耶も驚愕の声を上げた。そして、髪を乱して顔を振り立てた。「お願いですッ、こんな姿、弟には見せないで！」

地下室のコンクリートに涙ながらの絶叫がこだました。喉を絞って泣き叫ぶ紗耶をよそに、浣腸器を持った征二が狼狽する幹久の前に立つ。

「こいつで姉貴を楽にしてやれ」

「……これは？」

不気味に光る浣腸器と号泣する紗耶を交互に見やり、怯えた声で幹久が訊いた。甚だしく動転しているのだろう、姉を救う、もしくは情に訴える考えはない様子だった。ただし、征二が「浣腸器だ」と教えると、さすがに抵抗感をあらわにした。蒼褪めた顔を左右させ、よろよろと後退った。が――。

三郎に羽交い締めにされ、征二の前に押し戻された。幹久は「やだッ！」「いやだッ！」と身を捩じらせたが、力の差は圧倒的だった。

「おまえはあの女に負い目を感じているようだが、それも昨日までの話だ」紗耶を指差し、征二が言った。「なんたって、おまえを見捨ててトンズラしようとしたんだからな」

「ミッちゃん、違うの！」幹久が目を丸くすると同時に、紗耶が声高に反駁した。「わたしは、このままじゃふたりとも駄目になってしまうと思って――」

「たわけたこと吐《ぬ》かすんじゃねえよ、クソ女《アマ》が」背後から幹久を抱えたまま、三郎が怒鳴った。「てめえは我が身かわいさに逃《ふ》けたんだろうが。ええっ⁉　よしんば警察《サツ》に助《す》けられても、こいつはレイプ犯だぜ？　どのみちお先真っ暗じゃねえか」

紗耶はガクリと頭を落とし、世にも悲しげに泣きはじめた。そんな彼女を一瞥し、浣腸器を受け取るよう三郎が命じた。

「そいつを一発ぶちかまして、裏切られた恨みを晴らせ」

「おまえに拒否する権利はない。もし逆らえば今後いっさい女を抱けなくなる」

それでもいいのか、と征二に冷眼を向けられ、幹久の手がたどたどしく動いた。浣腸器を摑むと、そこから先はもう征二らの言いなりだった。

肩を小突かれマットに上がった幹久は、紗耶の足下に跪き、浣腸器を構えた。それに気づいた紗耶が「お願い、ミッちゃん。許して」と哀願しても、まるで憑かれたように姉の陰部を見つめ続け、荒い息に背中を波打たせた。そして――。

「よし、とどめを刺せ」

征二が命じるやいなや、幹久はズブリと姉の肛門に浣腸器を突き立てた。紗耶は「ああッ」と鋭い声を放ち、泣き濡れた顔を仰け反らせた。だが、そんな姉を気遣う余裕もなく、幹久は一気にピストンを押し込んだ。

「あッ、いやあああぁぁ……」

汚辱の呻きが糸を引き、ピストンの先端がカチンと底を叩いた。幹久は「わあッ」と叫び、マットから飛び下りた。しかし、血走った目は姉の陰部に向けられたままだった。

それを知ってか知らずか、合計二〇〇ccのグリセリン溶液を注ぎ込まれた紗耶が、息も絶え絶えに「ミッちゃん」と声をかけた。

「お願いだから、こんなわたしを見ないで」

わかった、と幹久は涙声で言い、立ち上がろうとした。だが、三郎に肩を摑まれ、ふたたびマットに押し上げられた。

「おめえ、姉貴のことが好きなんだろ？　だったら齧《かぶ》り付きで見てやるのが筋ってもんだぜ。ど派手にクソを撒き散らすところをよ」

「そんな!?　いやですッ！　そんなことは絶対にいやッ！　いやあああッ!!」

あまりの仕打ちに、紗耶はいたいけな少女のように泣きじゃくった。その声に幹久の哀泣が被さる。憐れな姉弟の二重奏は、美冬の心をキリキリと締めつけた。と、意外なところから救いの声がかかった。

「そいつは部屋の隅にでも転がしておけ」

嗄び泣く幹久に顎をしゃくり、征二がコーナーを指差した。その横顔を窺い、美冬は真意を探った。俵田をはじめ、ほかの組員らも訝しげにしている。まさか温情をかけたわけではないだろう。おそらく悪辣な意図があるに違いない。ともあれマットから引きずり下ろされた幹久は、地下室の隅に追いやられた。

それから間もなく、紗耶が頭を持ち上げた。「……お願いします……トイレに……トイレに行かせてください……」

「もう我慢できないのか」

意地悪く征二に訊かれ、紗耶は「はい」と消え入るようにこたえた。すると征二は「ならこう言え」と前置きし、彼女の耳許に屈んで何事かを吹き込んだ。とたんに紗耶の目が丸くなる。唇もワナワナと震え、真上から見下ろす征二に怒りの声が吐きつけられた。

「そんな破廉恥なセリフを言うくらいなら、死んだほうがマシです！」

「だったら一生そうしてるんだな」

冷ややかに言い、征二が立ち上がった。その背中をねっとり潤んだ目で睨みつけ、紗耶は真一文字に口を閉ざした。

しかし気丈でいられたのもそこまでだった。どんなに歯を食い縛ろうが荒れ狂うグリセリンに打ち勝てるはずがない。意地とプライドを完膚なきまでに粉砕する。それが浣腸責めの目的であり、恐ろしさだった。

「……お願いします……トイレに……行かせて、ください……」

案の定、紗耶の抵抗は三分と持たずに潰えた。もはや限界であることは、うねる下腹部がグルルッと怪しげな音を立てることからも察せられる。だが征二は「誰がそんな頼み方をしろと言った？」とにべもなく、喘ぎ悶える紗耶の目に悔し涙をあふれさせた。

「望みを叶えたいなら、さっき教えたセリフを言え」

紗耶はクッと歯噛みしたのち、わななく口を開いた。「……お願いします……め、牝豚の、紗耶に……ぶ、ぶっとい……」

「もっとはっきり喋れ」

「お願いします……牝豚の紗耶に……出させて、ください……」

「なにを言ってるのか、さっぱり聞こえん」

「……そんな……」

二度目の懇願も冷たく撥ね除けられ、いよいよ追い詰められた紗耶は、閉じた目をカッと開くなり血を吐くように叫んだ。

「お願いしますッ、牝豚の紗耶に、ぶっといクソをひり出させてください！」

一息に言い放つや、彼女はワアワア泣きだした。しかし男どもは容赦がない。組長の俵田が「このお嬢さん、顔に似合わず下品な口を利きやがる」と蔑み嗤えば、「こいつ、マジで人間やめてるよ」とか「とんだ恥知らずだぜ」といった追従が相次ぎ、下卑た高笑いがマットの周りで弾けた。

そうしたなか征二だけ無表情だった。空の洗面器を摑むとマットに上がり、割り裂かれた尻の手前にトンと置いた。それに気づいた紗耶が泣き顔を持ち上げ、頰を引き攣らせる。

「便所にはもう間に合わんだろう」

いとわしい現実を突きつけられ、紗耶は愕然と目を瞠った。刹那の空白を挟み、左右に振られる口から絶叫が迸った。

「いやあああッ！　ここでするなんて絶対にいやッ！　いやあああああッ‼」

当然といえば当然だが、紗耶の嫌がりようは尋常ではなかった。これまで以上に吊られた手足を打ち振り、罠にかかった生贄《いけにえ》のように暴れもがいた。しかしマットを囲む下劣なギャラリーを喜ばせるだけで、刻一刻と迫る崩壊の瞬間から逃れることはできなかった。

「せっかくだから、顔とケツの穴をセットで撮ってやる」

三郎がマットに上がり、紗耶の頭を両手で抱えた。ハンディカメラを構えた繁がマットの手前に片膝をつき、V字形に割り開いた太腿の間にレンズを向ける。ふと目に入ったファインダー画面には、粘液にぬめる肛門と「お願い！」「許して！」と泣き喚く紗耶の顔がしっかり映っていた。

「あぁぁぁ……もうッ……もうッ……」

やがて紗耶が身を揉みだした。小皺を寄せた肛門がムクムクと迫り出し、一拍後、蕾の中心から褐色の水流が噴き上がった。

「いやあああッ！　見ないでぇッ！　撮らないでええェッ！」

人前で排泄させられ、ばかりか一部始終をビデオに収められ、紗耶は顔を真っ赤にして泣き叫んだ。その無惨きわまりない姿にかつての自分をだぶらせ、俵田たちが「はくい面《つら》をしていても出すもんはやっぱり臭《くせ》えな」とか「えらく大量じゃねえか」などと囃し立てるなか、美冬はひとり目を逸らした。

◇　◇　◇

号泣が啜り泣きに変わった頃、パイプが外され、吊られた手足をマットに下ろすことが許された。とはいえ、それで解放されたわけではない。カラビナ形のフックで手首と足首を繋ぎ止められ、お尻を高く突き上げたポーズで俯《うつぶ》せにさせられた。

――またバックで犯される……。

自らの先行きを予感したが、紗耶はほとんど抵抗しなかった。衆人環視の中で排便させられるという、血も凍るような拷問を受け、心身ともに疲弊しきっていた。放心状態に陥り、身じろぎする気さえ起きなかった。

マットの周りに消臭スプレーが噴霧されてほどなく、虚ろな眼差しを投げかける先に俵田が立った。俵田は「おい、美冬」と愛人を呼び寄せ、一言「しゃぶってくれ」と命じるなり着物の裾を掻き分けた。

美冬は「はい」とこたえ、俵田の足下に跪いた。突き出されたペニスを白い手で支え持ち、おもむろに舌を這わせる。おそらく紗耶の視線に気づいているはずだが、瞑目した彼女はその素振りを見せなかった。感情を殺して口唇奉仕する姿は、彼女もまた性の奴隷であることを思い知らせる。ひいては同類意識を覚え、そっと瞼を閉じた紗耶は、目の前で繰り広げられる非現実的な光景から意識を遠ざけた。

「よし、そんくれえでいい」

やがて俵田の声が聞こえ、マットに人が乗る気配があった。すぐさま腰を摑まれ、陰部にペニスがあてがわれる。この段になってようやく「いや」「もうやめて」という懇願が口を衝いた。しかし抗いと呼ぶには程遠く、拘束された手足に力が入らないこともあって、紗耶の胸は諦念一色に染まった。が――。

ぬるり、ぬるりと陰裂をなぞったペニスが思わぬ位置で止まり、紗耶はハッと目を開いた。不自由な躰を捩り、肩越しに真後ろを顧みる。ニヤリと嗤う口許が真っ先に目に入り、俵田の狙いがヴァギナでないことを悟った。

――お尻の穴を犯される⁉

先日、媚薬責めに歔き狂ったときも肛門にバイブレーターを挿入されていた。昨日の鞭打ちではパールローターを呑み込まされてもいる。だからといってアナルセックスという変態行為のきわみを甘受できるはずがなかった。ましてや相手は、愛する雄一ではなく憎んでも憎みきれないヤクザの組長なのだ。そんな輩《やから》に処女地を侵される。決して許せることではなかった。

「いやあッ！　お尻でなんていやああッ‼」

死んでいた心がたちまち甦り、紗耶はマットに伏せた泣き顔をのたくらせた。連結された手足をばたつかせ、高く掲げたヒップを力のかぎり揺らした。だが、真上から頭を押さえつけられ、いきり立ったペニスが肛門にあてがわれた。

「いっそ、いっそ殺してください！」

肉の窄まりを押し込められ、紗耶は咄嗟に叫んだ。しかし切迫した哀願は「お望みどおり俺のマラで刺し殺してやる」という卑しい嗤いに退けられた。メリメリと音を立てんばかりに拡張され、「あぁッ！」と絶望に喘いだ直後、ズブリと先端が潜り込んできた。

――とうとう、お尻で……。

屈辱のアナルセックスを阻止できず、紗耶は「お願い！」「許して！」と泣きじゃくった。雄一の笑顔が脳裏で弾け、滂沱の涙となってマットに流れた。

だが侵犯は止まらない。両手で腰を抱き寄せ、紗耶が「痛い！」「やめて！」と苦鳴を放つのもかまわず、俵田は獣欲を剝き出しにして凶暴なペニスを捻じ入れた。

「あぁぁ……いやあぁぁアア……」

浣腸液で灼け爛れた直腸内を忌まわしい肉の棹で満たされ、紗耶は低く呻いた。肛門から燃え拡がる痛みもさることながら、喉元まで迫り上がる圧迫感に呼吸すらおぼつかない。苦しげに喘ぐ自らの息遣いが朧《おぼろ》げに聞こえるほど、意識もフッと薄らいだ。

が、そのまま気を失うことはなかった。痛《いて》えのなんのと喚きながら、きっちり咥え込みやがった――。そう嗤って抜き挿しが開始されると、いやがうえにも現実の世界へと引き戻され、艶めかしい泣き声がこぼれた。

「おめえ、ケツの穴も極上じゃねえか」じきにストロークを強め、俵田が興奮を吐きつけた。「その面と躰でマンコとケツの穴も絶品とくりゃあ、ナンバーワンは保証されたようなもんだ。美冬とだってタメを張れる」

「……なにを……」

好き勝手なことを――と続けようとしたが、荒い喘ぎに遮られ、紗耶は「ううッ」と悔し涙を噛み締めた。この期に及んで美冬を引き合いに出されたことも不快だった。

――わたしたちはあなたの所有物じゃない。

胸奥で青い炎が揺らめき、霞む目で俵田を睨みつけた。だが、俵田は歯牙《しが》にもかけない。むしろ嘲りを深め、さらにはサディスティックに腰を叩きつけ、悶え泣く紗耶の口から「いやッ！」「激しくしないで！」という弱い女の声を絞り取った。

「泣けっ！　泣き喚けっ!!」

嵩《かさ》に懸かった俵田は、暴力的にペニスを突き入れだした。のたうつ紗耶の腰を力任せに押さえつけ、熱く潤んだ腸壁を張り詰めた雁首で荒々しく搔き抉った。そして――。

「中にくれてやる」

喘ぎまじりに宣言するや、俵田はよりストロークを早めた。深々と貫かれた紗耶はハッと目を剝き、腸内に射精される汚辱感に泣き叫んだ。

「いやあッ！　それだけはいやああッ!!」

拘束された手足をもがき立て、なんとか前へ逃げようとした。だが、がっちり腰を摑まれ、すぐさま引き戻されてしまう。そうした抗いが嗜虐心に火をつけたのか、俵田は「たっぷり出してやる！」と獰猛《どうもう》に吼え、号泣する紗耶の後ろ髪をまとめて摑んだ。

無理やり顔を反り返らされ、紗耶は苦痛に呻いた。と同時に俵田がグリグリと腰を押しつけ、「よし、いくぞ！」と叫んだ。

「いやッ！　いやッ！　いやあああぁッ!!」

紗耶は引き起こされた顔を振りたくり、接写するレンズの前で泣き喚いた。しかし血の色を帯びた哀訴は「この牝豚め」という罵声に退けられ、ひときわ深く抉り込まれたペニスが膨らむように爆ぜた。

内臓を汚濁の精に穢される感触――。それは異様で妖しく、紗耶はまた一歩、奴隷への階段を下りてしまったことに噎び泣いた。

21

夕食の後片付けを終え、二階の自室で休憩していると、いきなりドアが押し開けられた。

幹久はジャンプする勢いで立ち上がり、はだけたジャージを慌てて着直した。

「ズリネタを持ってきてやったぞ」

目前で足を止め、征二が白無地のディスクを突き出した。おずおずと受け取り、盤面に目を落とす。五枚あるディスクには『Vol.1』から『Vol.5』までナンバーが振られていた。

「……これは？」

上目遣いに尋ねると、征二は「こないだ約束したものだ」と淡白にこたえ、くいと顎をしゃくった。「そのDVDには、おまえの姉貴がたっぷり収録されている」

あれは四日前の火曜日だったか、『姉貴のビデオを観てみたいか』と訊かれていた。だがまさか、本当によこすとは思わなかった。

「今後も新作が出来次第くれてやるから、慌てずゆっくり愉しめ」

遠回しに夜更しするなと釘を刺し、征二が廊下に出ていった。幹久は開け放たれたドアを閉め、ベッドに腰掛けた。手にしたディスクを眺めているうち、昨夜のリンチが甦ってくる。手足をチェーンで吊るされ無様なポーズを取らされていたが、誰もが美人と認める姉のヌードはやはり格別だった。ビジュアル的には、あの美冬をも上回る気がする。

もっとも、その後の衝撃が強すぎたせいか、脳裏をよぎる残像はどこか朧げだった。

陰部がツルツルだったのは間違いない。逆に腋毛を生やしていたのも確かだ。バストの大きさや性器のかたち、さらには肛門の窄まり、それらも記憶に留めている。なのに現実感が伴わなかった。まるで夢か幻のように感じられるのだ。

自ずと正面のリビングボードに目がいった。このＤＶＤをあのプレイヤーで再生すれば、なにもかも確認できる。だけど……。

——姉が弄ばれるところを見たいだなんて、とんだ変態じゃないか！

胸裡に向けて叱責し、込み上げる疚《やま》しさに下唇を噛んだ。未練を断ち切るべく、窓からＤＶＤを投げ捨ててしまおうかとも考えた。

だが、葛藤はそう長くは続かなかった。欲望に負けた幹久は、強張る手で液晶テレビの電源を入れ、ＤＶＤプレイヤーを起動させた。順番どおり『Vol.1』と書かれたディスクを選び、いまいちど罪悪感を振り払ってリモコンの再生ボタンを押した……。

それからはあっという間だった。気がつくと、脈打つペニスを握り、三枚目のディスクに観入っていた。痛いくらいに血走った目で。

レイプではじまった映像は、どれもすさまじい内容だった。彫り物をしたヤクザに四つん這いで犯され、髪を振り乱して号泣する姿に、幹久の心はズタズタに切り裂かれた。反面、昏い興奮が湧き起こり、一瞬たりとも目を逸らすことができなかった。俺はどこか狂っている——。そう自問したのも束の間にすぎず、中出しに恐怖した姉が「赤ちゃんできちゃう！」と暴れもがくさまに異様なときめきを覚えた。

陰毛を剃り落とすシーンにも胸奥がざわついた。つぶさに観察した姉の性器は、乳首と同じくピンク色をしていた。とはいえ、かたちは歳相応に艶めかしかった。左右にくつろいだラビアはそれなりに分厚く、クリトリスも立派だった。肉莢《にくざや》から覗いた突起はパチンコ球くらいあり、視姦する幹久に『舐めてみたい』『吸いつきたい』と切に思わせた。

剃刀を持った美冬がランジェリー姿だったことも昂ぶりに花を添えた。レズめいた剃毛《ていもう》シーンは羞恥に泣く姉の息吹とまぜあわさり、ひときわ妖しく映じられた。

その後のフェラチオ調教にも目が釘づけになった。濃紺のイブニングドレス。ビスチェとTバックとガーターストッキングの三点セット。太腿までスリットが入ったチャイナドレス。襟刳りが深いタイトワンピース。いでたちは様々だが、口唇奉仕する姉はいつもエレガントだった。それこそ恐ろしいくらいに。

夜会巻きだったり、ぼんぼり形だったり、服装にあわせたヘアスタイルもさまになっていた。真珠のネックレスをはじめ、高価なジュエリーも澄んだ肌によく似合った。さらに凄艶だったのがルージュとマニキュアだ。

フェラチオをする際、姉はいつも唇と爪を赤く塗っていた。色合いは派手ともいえたが、演出としては申し分なかった。着飾った美女が、セクシーな唇とマニキュアの映える指でドス黒いペニスをしごき立てる――。その淫靡きわまりない構図に、ふと握り締めた幹久のペニスも熱く疼いた。

相手がヤクザであることも獣欲を煽った。中でも征二との絡みが衝撃的だった。背中の刺青も毒々しいが、初めて目にする真珠入りのペニスにとにかく驚かされた。征二の足下に跪いた姉も、まさに蛇に睨まれたカエルのごとく凍りついた。無理やり咥えさせられると、見開いた目がいっそう丸くなった。

しかし吐き出すことは許されず、因果を含められた姉は泣きながらフェラチオを開始した。カリを中心にねぶれ。鈴口に吸いついてみろ。そんな指示に「んっ」という呻きを返し、頬を濡らしてペニスを舐め回した。

俺をいかせるまで終わらない。そう言い含められているからだろう、姉は気の毒なくらい一生懸命だった。縦に咥え、横に頬張り、ときには「チンポ大好き」だの「硬くておいしい」だの、本来の姿とは懸け離れた淫猥なセリフを吐き連ねた。

その結果、ようやく征二を追い込むことができた。とはいえ、それは新たな凌辱のはじまりでもあった。姉の頭を鷲摑み、激しく前後に揺さぶったのだ。

喉の奥に射精され、噎び泣く姉に待っていたのは「ベロにザーメンを載せて見せてみろ」という容赦ない命令だった。

征二が放った精はドロリと粘っこく、上唇と舌の間に白濁の糸が幾筋も引いた。アップで映ったその光景に、幹久は度肝を抜かれた。差し伸べた舌にザーメンを載せた姉は、とてつもなく卑猥だった。いやらしすぎて憐れむ余地などなかった。

命令に従い、姉はザーメンを飲んだ。ゴクリと喉を鳴らし、すべてを嚥下すると、消え入るように泣きだした。

そんな姉をよそに、調教は日に日にエスカレートしていった。奉仕する相手も回を追うごとに増え、口と手で射精に導く技を覚え込まされた。俊也にはディープスロートを強要され、擂《す》り粉《こ》木《ぎ》のようなペニスで射貫かれてもいる。喉を塞がれた姉は「んぐッ」と呻き、見上げる目に苦悶の涙を滲ませた。だが穏やかな物言いとは裏腹に、俊也もまた手加減はしなかった。姉の口を延々と犯して喉奥にフィニッシュすると、引き抜いたペニスを唇に突きつけ、亀頭にまとわりつく白い残滓もきれいに舐め取らせた。

姉はやがてパイズリも強いられるようになった。この段になると彼女のフェラチオは見違えるように進歩した。覚えがよいのか、初めはぎこちなかったパイズリも、すぐにコツを摑んだのが見て取れた。

慣れという点では、精飲に対する抵抗感も薄らいだ様子だった。凌辱者たちは『男の味を覚え込ませる』とばかりに、必ず口の中へ、あるいは舌の上に放出したが、屈辱に啜り泣きこそすれ、姉がザーメンを吐き出したことは一度もなかった。

パイズリした三郎には、いわゆる『顔射』もされている。今度はケツの穴を舐めながら胸でしごけ。そう命じられた姉はギョッと目を剝き、転がされたベッドから逃げようとした。が、抵抗も虚しく顔の上に跨られ、吹き出物が点々とする不潔な尻で顎を押さえつけられた。とどめは『十分以内にいかせなかったら顔にクソをぶちまける』という、とんでもない脅し文句だった。

ひとしきり噎び泣いた姉は、おずおずと舌を伸ばし、縮れ毛が密生した肉の窄まりをねぶりだした。脅迫が効き、パイズリにも熱が入った。負けじと三郎も、揃えた指をヴァギナに沈めた。親指でクリトリスを押し潰しもした。そのたびに姉は「あッ」「んッ」と呻き、グラマラスな躰を仰け反らせた。

それでもパイズリが止まることはなかった。肛門に挿し入れた舌もしかり。最悪の結末を避けるべく、姉は「気持ちいい？」だの「早く飲ませて」だの鼻声で誘い、火照った顔をドロドロに穢されたのだった。

口許に飛び散ったザーメンはひどく黄ばんでいた。そんな『汚物』を自ら搔き集め、泣く泣く姉が嚥下したのと同時に、幹久の喉もゴクリと鳴った。美しい女がザーメンを飲む——。その行為がいかに欲情をそそるか、あらためて痛感させられた。

地下室での凌辱シーンも秀逸だった。チャイナドレスを脱いだ姉は網タイツしか着用しておらず、左腕で乳房を、右手で股間を隠す姿がヌードグラビアを彷彿《ほうふつ》とさせた。あらかじめ手足に巻きつけられた黒革のバンドも雪白の肌によく映えた。しかし恥じらっていられたのは『拘束台』に座るまでのことだった。

肘掛けやフットレストに手足を繋ぎ止められ、力ずくで『M字開脚』のポーズを取らされると、姉は泣き顔を打ち振るった。これから媚薬責めにかけられると知るや、コンクリートにこだます絶叫がひときわ大きくなった。だがそれで征二の手が鈍るはずもなく、スポットライトに浮かぶ白い裸身はたちまち媚薬ローションでぬめ光った。

続いて征二は『処女もよがり狂う』という催淫クリームを摑んだ。彼はそれを尖った乳首に、剝き上げたクリトリスに、性器とアナルの奥深くに、ほくそ笑みながら塗りたくった。その間、身悶えた姉は「いやッ」「許してッ」と繰り返し叫んだ。

媚薬責めが開始されてほどなく、姉の躰に変化が表れた。赤みを増した乳首は円柱状に尖り、異様に膨らんだクリトリスは野イチゴかなにかを想わせた。充血したラビアは外側に捲れ、荒息にあわせてヴァギナがうごめくたび、意思に反して愛液が糸を引いた。

さらに数分後、脂汗にまみれた姉の腰がもじつきだした。なんと尿意を催したというのだ。しかしトイレには行かせてもらえず、姉はリクライニングさせた拘束台の上で凄惨な排泄図を晒した。

割り裂かれた陰部から褐色の水柱が立ち昇るのを見て、幹久はつい自失しそうになった。繰り返し「見ないでぇ！」と泣き叫ぶ姿に、握ったペニスは灼熱の鋼《はがね》と化した。しかしどうにか堪え、あられもない放尿シーンを網膜に焼きつけた。

地下室に静寂が訪れ、にわかに息苦しさを覚えたとき、姉が敗北を認めた。もう我慢ができない、どうかこの疼きを鎮めてほしい、と涙に噎びながら。

あとは征二の言いなりだった。卑猥なおねだりを復唱し、ねばつく柔肌をうねらせ、さながら色情狂のように牝の本能をあらわにした。肛門にあてがわれたアナルバイブもすんなり呑み込んだ。解放された手とグロスが映える口を使い、突き出された『真珠入り』を一心にしごきもした。そして「紗耶は淫乱な牝豚です――」と屈服を示し、ハラハラ涙をこぼしながら自分でラビアを広げた。

満を持して凶悪なペニスが突き入れられると、姉は一転、喜悦の声を放った。無毛の性器をイボ付きに抉られ、餓えたケダモノのごとく股間をくねらせた。しかしどれほどよがり狂っても、彼女はエクスタシーに辿り着けなかった。達する寸前、ふいに腰遣いが止まったからだ。征二いわく『寸止め』という焦らしのテクニックだった。

ストロークを再開させると、征二は汗ばむ乳房を揉みしだき、長い舌で飾り毛が芽吹く腋の下を舐め回した。快楽の炎に油が注がれるたび、姉は「もう許してッ！」と泣き叫んだ。

ベルトを引き千切る勢いで暴れのたうち、牝の痴態をカメラに晒した。

そのうち姉は「いかせてッ！」「狂っちゃう！」と連呼するばかりになった。征二の目にも、このへんが限界だと映ったに違いない。よし出してやる、と宣言するや、とどめの一刺しをヴァギナに打ち込み、仰け反った姉の口から「あああぁッ!!」という、嬌声とも悲鳴ともつかない叫びを絞り取った。

身震いした征二がペニスを引き抜くと、愛液が泡立つ姉の性器から白濁の精があふれてきた。直後、ヒクヒクと痙攣した姉の頭がガクリと落ちた。無理やりオルガスムスをきわめさせられ、気を失ったのだった。

そんな光景を目の当たりにしても、罪悪感や悔恨の念は微塵も湧かなかった。憧れてやまない姉がめちゃくちゃに壊されるところを見てみたい。それをおかずに自分もザーメンを放出したい。胸裡に渦巻くのは、いとおしさの裏返しともいえる欲求のみだった。


そしていま、画面には和服を着た姉が映っていた。蒲団の上に正座した彼女は、背後から抱き竦める俵田に『会社と婚約者に連絡をさせてくれ』と懇願した。

幹久も昼間、恋人とバイト先の店長に電話をかけていた。むろん強要されたのだ。喋るセリフも事前に決められていた。結果、ふたりに話せたのは『厄介なトラブルに巻き込まれた』『そのためしばらく逢えない』という二点だけだった。

姉が携帯を受け取ると、襟元に手を突っ込み、俵田が胸をまさぐりだした。切なげな拒否には耳を貸さず、着物、長襦袢と、容赦なく引き剝がしていった。言い含めたセリフを述べ上げる間に肌襦袢も引き下ろした。身を捩った姉は「いやッ」と叫んだが、濡れた目で睨みつける以外、抵抗はできなかった。

勝ち誇った俵田は、こぼれ出た乳房を好き勝手に弄んだ。さらにはうなじを舐め、裾から挿し入れた手をうごめかしては、声を殺す姉を嘲笑った。

最初の相手と通話を終えると、立ち上がった俵田がフェラチオを命じた。それから繰り広げられた光景に、幹久はゾクリとした。はだけた和服姿でフェラチオするさまは、ドレス姿のときより数段いやらしく、ともすれば感動的ですらあった。

やがて姉の口から怒張したペニスが引き抜かれた。彼氏に電話をかけてもいい。そう言われ、安堵したのも束の間、姉の目が丸くなった。ただし四つん這いの恰好でな、と俵田が言い足したからだ。

姉は慈悲を乞うた。それだけは勘弁してください、と平伏すように。だが、返ってきたのは「ならねえ」の一言だった。ばかりか肩を蹴られ、蒲団の上に転がされた。

泣く泣く四つん這いになった姉は、嗚咽に喉を詰まらせながら携帯を耳に当てた。腰巻きが捲り上げられ、性器にペニスが押しつけられるや、衝撃に備えて口を覆った。しかしヤクザの責めは上をゆき、一気に刺し貫かれた彼女は「んんッ」と呻いた。

バックから犯される姿は、とてつもなく淫らだった。婚約者に悟られぬよう、懸命に平静を装ったが、そんな健気《けなげ》さも興奮を掻き立てるスパイスとなった。なにより快感に抗う表情がいい。意地悪くクリトリスを摘まれても、しこった乳首をしごかれても、彼女は必死に嬌声を嚙み殺し、ときに微笑みさえした。

もっとも我慢はそこまでだった。弟がトラブルに巻き込まれた。だからしばらく逢えなくなる。それらの要点を手短に語り、通話を終えると、姉はにわかに悶えだした。

ペニスを繰り出す俵田の腰遣いも徐々にペースが上がった。姉の泣き声にパン、パンと腰を叩きつける音がまじりあう。いきおいペニスをしごく幹久の手つきも早まった。このシーンをおいて射精するにふさわしいヤマ場はない。乱れた和服を腰に絡め、彫り物をしたヤクザに犯される姿は、麻薬のような陶酔感をもってエクスタシーへといざなった。

騎乗位、対面座位、横臥位と、俵田は精力的に姉を貪り、バックに体位を戻した。といっても通常の後背位とは若干違う。姉の尻を真上から押さえつけ、がに股で律動するさまは、あたかも猿の交尾を想わせた。

——姉さん、一緒にいこう。

無我夢中でペニスをしごき、幹久は心の中でつぶやいた。俵田に奥深く抉り込まれるたび、姉は「あっ」「いやっ」と艶めかしく喘いだ。後れ毛が張りついた彼女の顔は、すでに真っ赤だった。ねっとり潤んだ双眸が、やたらとセクシーに映る。そして——。

今日は外さねえ、と俵田がとどめを叩き込んだ。「ああああッ！」と叫んだ姉の背中が、ひときわ大きく反り返る。幹久のペニスも脈打って爆ぜた。放出されたザーメンはまっすぐ宙を走り、カーペットを筋状に穢した。その延長線上には、快楽に負け、アクメに達した姉の顔が映っていた。

◇　◇　◇

画面がフェードアウトしたのにあわせ、男はリモコンの停止ボタンを押した。反対側の手でグラスを掴み、水割りと化したオン・ザ・ロックを一息に呷《あお》る。サイドボードに横目を投げると、置き時計の針は午前四時を指していた。

エントランスホールの郵便受けにＤＶＤが投函されたのは、ちょうど夕食を終えた頃のことだった。あれから約八時間、藤江紗耶の凌辱ビデオを観続けた計算になる。一度トイレに立った以外、休憩は取らなかった。というより『目が離せなかった』と表現したほうが正しい。それほどまでに観てきた映像はすさまじかった。

　とくにいま観終えた四枚目だ。それまでの三枚が『調教編』なら、『Vol.4』のディスクは『拷問編』とも呼べる内容だった。

　演出的にも非の打ち所がなかった。地下室というロケーション、そして内診台のようなレザーシート。そこに大股開きで固定された紗耶は、まず熱蠟責めを受けた。

　白い肌に赤い斑点ができるたび、彼女は「熱いいいッ！」とベルトで拘束された手足をもがき立てた。だが、どんなに号泣しても手心は加えられず、赤い雫は乳房、腋の下、臍、内股と躰の敏感な部分を覆い尽くした。さらには剝き出しの性器にも襲いかかった。怯え窄まる肛門にも。

　当然、紗耶は泣き狂った。慈悲を乞い、陰部を灼かれては絶叫した。それでも稲葉の手は緩まなかった。この残虐な責めは、悶絶した彼女の首が落ち、赤く盛り上がった陰裂から黄金色の水流が迸るまで続いた。

　次に行われたのは鞭打ちだった。命じられるままドレスを脱ぎ、紗耶が一糸纏わぬ姿になると、稲葉は有無を言わさず白い裸身を吊るし上げた。ドス黒く変色した麻縄をしごき、濡れ光る柔肌を菱模様に縛りつけもした。そうやって身動きを封じたうえで、啜り泣く紗耶を打ちすえたのだ。

スナップを効かせた第一打が振り下ろされると、紗耶は「ああッ！」と苦痛に歪んだ顔を仰け反らせた。泣きながら哀訴もこぼした。しかし稲葉は残忍に嗤い、責め手を休めなかった。唸りを上げた鞭は、縊り出された乳房をも襲った。股縄が食い込んだ陰部もターゲットとなった。やがて雪白の肌が朱に染まり、項垂れた紗耶の躰がスッと弛緩した。痛みに耐えきれず、またもや失神に追い込まれたのだった。

その光景を観て、男は非情な調教師に畏怖《いふ》の念を覚えた。反面、彼らの徹底ぶりに感服し、紗耶を娼婦に堕とす計画が滞りなく進んでいることを実感した。

次なるシーンは低周波治療器による快楽責めだった。例のレザーシートに大股開きで拘束され、性感帯に電極パッドを貼られた姿は、さながらモルモットを想わせた。

実際、稲葉がスイッチを入れると、パッドを貼った部位がピクピクとうごめき、人体実験の様相を色濃くした。肌が桜色を帯びるに従い、口を衝く喘ぎも大きくなった。そのうち乳首やクリトリスが尖りきり、火照った顔が左右に打ち振られた。が——。

彼女が絶頂を迎えることはなかった。達する直前、稲葉がスライダーを下げ、焦らし技の『寸止め』をかけたのだ。無理やり昂ぶらされ、あと一歩のところで引き戻されるたび、悶え苦しんだ紗耶は「いかせてッ！」と泣きじゃくった。

この生殺しのような拷問が五回繰り返されたのち、彼女の願いはようやく聞き容れられた。

稲葉がスライダーを最大レベルに上げると、紗耶は「いくッ!」「いっちゃう!」と喚き散らし、ついに達したのだった。ぐったりと放尿までして。

とはいえ、いつまでも夢心地ではいられなかった。ヴァギナと肛門に『パールローター』という小型のバイブレーターを挿入され、地下室の中央に引き立てられると、ふらつく躰がふたたび吊るし上げられた。間を置かず肩、脇腹、尻と打ちすえられ、眉間に縦皺を刻んだ紗耶は「痛いッ!」「やめてッ!」と泣き叫んだ。

だがむろん、稲葉は手を休めなかった。むしろ前回より激しく打擲《ちょうちゃく》し、総身をのたうたせる彼女にとどめを刺したのだった。

空のグラスに氷とウイスキーを入れ、男は『Vol.5』とナンバリングされたDVDを摑んだ。過激なシーンの連続にふと気疲れを感じたが、紗耶の堕ちざまを見届けたいという欲求のほうが強い。ディスクを入れ替えリモコンの再生ボタンを押すと、一口ウイスキーを飲んで画面に観入った。

案に相違して、五枚目のDVDは明るい映像からスタートした。撮影場所は何度か登場したクラシカルな洋室だった。

ダブルベッドの上には全裸の紗耶が横たわっていた。鞭打ちの直後らしく、透き通る肌には凌虐の痕《あと》が幾筋も刻まれている。傍らには白いシャツに色褪せたジーンズを穿いた川越俊也の姿もあった。

川越は「頑張ったね」と紗耶をねぎらい、掌にまぶしたローションを傷んだ背中に塗りはじめた。その手つきは見るからにしなやかで、最初は「自分でやります」と狼狽した彼女もゆくゆく身を委《ゆだ》ねた。

映像が途切れ、次のシーンに移行しても、川越に対する接しようは変わらなかった。初めこそキスを拒んだものの、ひとたび唇を奪われ、乳房をまさぐられながら甘いセリフを囁かれると、抗う躰からフッと力が抜けた。

あとは川越のなすがままだった。突き出されたペニスを丹念にねぶり、恥じらいつつもシックス・ナインに応じた。アップで映った紗耶のヴァギナは、押し広げられた内粘膜にねっとりと愛液をまぶし、いつでも挿入できる状態にあった。それを自覚しているからか、長い髪を片側にまとめ、真横から奉仕する舌遣いは、いっそう熱を帯びた。

正常位の体勢で両足を割られ、やおら巨根が突き入れられると、紗耶は「ああッ！」と喜悦の声を放った。律動にあわせて身をくねらせ、豊かな乳房をブルン、ブルンと撓ませるさまに、さらなる興奮が押し寄せた。

じきに紗耶自身も快楽に耽りだした。騎乗位となり激しく突き上げられるや、我を忘れたように歔き狂った。後背位での交合はさらに壮絶で、背中を弓なりにした彼女は「いくッ！」「死んじゃう！」と真っ赤な顔を振りたくった。その昂ぶりようは発情したケダモノを彷彿とさせた。

最後の一突きを叩き込み、川越がペニスを引き抜くと、ドサリと倒れた紗耶のヴァギナから、おびただしい精液があふれてきた。その光景は匂い立つほど淫らで、男は息苦しさを覚えた。

次のシーンも洋室で撮られたものだった。ただ、紗耶の前に立ったのは稲葉で、薄笑う彼の手には麻縄が握られていた。

指示に従い、全裸になった紗耶がベッドに上がると、稲葉はすかさず縄掛けをはじめた。両腕を後手に縛り、淀《よど》みない手捌きで菱模様に縄を巻きつけてゆく。次いでバストの上下を戒め、たわわな乳房を根元から縊り上げた。

上半身の自由を奪われた紗耶は、緊縛された痛みに泣き悶えた。そんな彼女を冷淡に見下ろし、稲葉はまずフェラチオを命じた。彼女はかぶりを振ったものの、仕置きの恐れには抗えず、しゃくり上げながら異形のペニスに舌を這わせた。

仰向けに紗耶を寝かせ、割り開いた股間に顔をうずめても、稲葉のスタンスは一貫していた。ジュルジュルと卑猥な音を立て、陰部を舐め回す舌遣いは、愛撫と呼ぶより拷問と称したほうがふさわしい。とはいえ、彼女にもたらされるのは苦痛だけではなかった。勃起したクリトリスやほころぶ肛門をねぶられるうち、口を衝く哀泣に「あっ」「あっ」という艶めかしい喘ぎがまじりだした。

前戯が終わり、正常位で貫かれると、喜色はますます明確になった。イボを成すペニスで抉り立てられ、縄目から飛び出した乳房を荒々しく揉みしだかれた彼女は、苦痛と快楽に責め嬲られ、緊縛された裸身をのたうたせた。そして体位を変え、新たな兆しが押し寄せるたびに声を放って歔き狂った。

稲葉とのセックスに愛情など存在しない。にもかかわらず、昇りゆく紗耶の乱れようは川越と情を通わしたときと寸分もたがわなかった。口角から涎を垂らし、色情狂のごとく身悶える姿は、彼女がまた一歩『牝奴隷』へと堕ちたことを物語っていた。

汗に光る刺青を波打たせながら「たっぷり中にくれてやる」と稲葉が宣告しても、よがり歔く紗耶は怯《ひる》まなかった。ばかりか「いって！」「一緒に！」と喚き散らし、貪るように腰をくねらせはじめた。そしてヴァギナの奥深くに射精されるや、背中を仰け反らせてオルガスムスに達した。

息を詰め、精液に穢れた陰裂を凝視していると、数秒のブランクを挟んで映像が切り替わった。紗耶は素っ裸に剝かれ、天井から吊り下げられていた。背景はほの暗く、黒いマットの上に佇んでいるので、悄然《しょうぜん》とした面持ちとは裏腹に、玉の汗に濡れそぼった裸身はいつにも増して照り輝いている。彼女の手足には黒い革枷が巻きつけられ、それもまた雪白の肌を際立たせる絶妙のアクセントになっていた。

これが被虐美というものか、と感慨に耽っていると、金属のパイプを携え、稲葉がマットに上がった。長さ一メートル強のパイプにはフックやリングが取りつけられている。抵抗も虚しく、紗耶はたちまち足首を摑むような恰好をさせられた。間髪入れず坊主頭の巨漢がチェーンを引っ張る。両足を掬われた紗耶は「いやあぁッ！」と叫んで尻餅をついた。そして限界まで手足を引き伸ばされ、取らされたポーズの浅ましさに号泣した。

これから浣腸責めにかける。稲葉がそう告げると、紗耶は「浣腸なんていやあッ！」とますます泣き叫び、吊られた手足をもがき立てた。しかし、それで拘束が解けるはずもなく、ギラつく目をした俵田によって一寸刻みにグリセリンが注ぎ込まれた。

それから数分してジャージ姿の青年が引き連れられてきた。青年は愕然と目を剝き「姉さん！」と叫んだ。苦悶していた紗耶も「ミッちゃん⁉」と驚きの顔をもたげた。

無惨な痴態を弟に見られ、紗耶は「こんな姿、弟には見せないで！」と泣き顔を振りたくった。が、五社組の連中は想像以上に残酷だった。蒼褪める弟に浣腸器を突きつけたのだ。こいつで姉貴を楽にしてやれ、と。

弟はむろん拒否した。しかし『おまえの姉貴は自分だけ逃げようとした』と吹き込まれ、押しつけられた浣腸器をぎこちなく摑んでしまうと、あとは操り人形も同然だった。震える手で浣腸器を構えた弟は、稲葉が「とどめを刺せ」と命じるやいなや、怯え窄まる肛門にズブリと嘴管を突き入れた。

ふたたび悪魔の薬液を注がれて数分後、紗耶は身を捩って苦しみだした。いまや荒れ狂う便意はピークに達しているのだろう。彼女は擦れた声で弟の名を呼び、こんな自分を見ないでくれと哀願した。と、意外なことに稲葉がその願いを聞き容れた。なにか魂胆があるのは疑いない。ともあれ弟は襟首を摑まれ、部屋の隅に追いやられた。

それからほどなく、紗耶が「トイレに行かせてください」と弱々しくつぶやいた。しかし二度目の要求には交換条件がついた。お願いします、牝豚の紗耶に、ぶっといクソをひり出させてくださいーーそう口にするよう命じられたのだ。

何度も言い直しをさせられた挙句、自棄《やけ》になって言い放つと、紗耶は喉を絞って号泣した。マットの周りでは下卑た高笑いが弾けた。

そんな狂乱をよそに、稲葉が割り開かれた尻の手前に洗面器を置いた。それに気づいた紗耶はカッと眦を裂き、次の瞬間、かつてない絶叫を噴き放った。チェーンを引き千切る勢いで手足を打ち振り、狂ったように暴れた。

だが、そうした抗いは陵辱者どもを喜ばせるだけだった。男も息を詰め、捲れ上がる肉の窄まりを凝視した。と、見つめる先で褐色のしぶきが迸った。水流が衰えると、蕾を拡げて茶色い汚物が出てきた。それに伴い「見ないでぇッ！」「撮らないでぇッ！」と繰り返し紗耶が泣き叫ぶ。

ゆるゆると伸び滴るさまは獲物を狙う蛇を想わせ、なかなか途切れなかった。すると誰かが「えらく大量じゃねえか」と囃し立てた。生唾を呑み、男も同感した。洗面器の中には見る間に黄金色の山が築かれた。

それからどれくらい経ったのだろうか。我に返り、画面に観入ると、紗耶の手足がパイプから外される様子が映っていた。いつしか号泣も啜り泣きに変わり、空白のような静けさを際立たせた。

とはいえ、これで辱めが終わったわけではなかった。紗耶の躰を俯せに転がすと、稲葉はカラビナ形のフックで手首と足首を繋ぎ止め、双臂を高く掲げたポーズで固定した。彼と入れ替わりにリーゼントの組員がマットに上がり、「おお臭《くせ》え」だの「鼻がひん曲がりそうだぜ」などと嗤いながら、あたりに消臭スプレーを噴霧する。それが済むとマットの傍らに俵田が立ち、呼び寄せた愛人にフェラチオを命じた。

裾を掻き分ける俵田の足下に跪き、突き出されたペニスを咥えている間、美冬は一貫して無表情だった。黙々と舌を這わせ、ねぶり立てる横顔は、ぞっとするほど麗しいだけに作り物のように映らなくもない。

同じことは紗耶にもいえた。性欲の捌け口となる彼女らにとって、感情を押し殺す、それだけが女の矜持を保つ唯一の手段であるに違いなかった。

やがて美冬の口からペニスを引き抜き、俵田がマットに上がった。紗耶の背後に廻り込み、テラつく陰裂にペニスをあてがう。ここでようやく「もうやめて」という懇願がこぼれた。といっても声に力はなく、身を揺することもなかった。が、性器から這い上がったペニスが肉の窄まりに当てられるや、様相は一変した。肩越しに振り返った紗耶は、一瞬後、「お尻でなんていやああッ！」と泣き喚いた。

しかし、連結された手足をばたつかせても、矛先を躱すことはできなかった。「いっそ殺してください！」と口走ったのも虚しく、真上から頭を押さえつけられ、猛り狂ったペニスで容赦なく刺し貫かれた。

横顔をマットにうずめた紗耶は、身を裂く屈辱に「お願い！」「許して！」と泣きじゃくった。俵田が抉り立てると、迸る叫びは苦鳴に変わった。

我知らず男は前のめりになった。「痛いッ！」「やめて！」と繰り返し叫ぶのも無理はない。毒蛇のようなペニスを突き入れられた肛門は、いまにも裂けそうなくらい拡がりきっていた。

痛みはもとより、圧迫感もすさまじいものがあるに違いない。マイクが拾う荒い息遣いがそれを物語っていた。

生臭く呻く紗耶に目を奪われていると、反り返った背中が妖しくうねりだした。それにあわせて抽送するピッチも上がる。勢いづいた俵田は「泣けっ！　泣き喚けっ！」とサディスティックに腰を叩きつけ、中にくれてやると吼え立てた。

泣き顔を引き攣らせた紗耶は、「それだけはいやああッ！」と半狂乱になって腸内への放出を拒んだ。しかし、がっちり腰を掴まれ、さらには後ろ髪を引き絞られ、号泣する顔を接写されながら汚濁の精を注ぎ込まれた。

胴震いしてペニスが引き抜かれると、すかさず陰部がアップになった。赤く腫れた肛門はぽっかり口を開き、内部の闇を奥深く覗かせている。紗耶がしゃくり上げた拍子に、射込まれた精液がブジュッと出てきた。褐色に濁った精液は、蛭《ひる》のように会陰から性器へと這い伝わり、糸を引いてマットに滴った。

その映像をもって最後のＤＶＤが終わった。ふと手元を見ると、グラスの氷はすっかり溶けていた。男はぬるまったウイスキーを呷り、ソファから腰を上げた。

重い足取りで窓辺に寄り、外の景色を眺めた。時刻は五時半を回り、東の空が白みだしている。ただし天候は悪く、寝静まった都心の街並みは灰色の靄に煙っていた。

暗く沈んだ景色は、紗耶の行く末と重なった。俗悪なヤクザの慰みものとなり、あまつさえ淫猥な性技を仕込まれ、彼女は着実に『牝奴隷』へと変貌している。五枚のＤＶＤを観たかぎり、調教は今後、いっそうエスカレートするものと想われた。

非人道的な方法で責め嬲られ、紗耶の心は持つのか。激しく鞭打ったように、あの連中なら躰に傷痕が残る仕打ちも平気でやるだろう。それ以前に、避妊の手を講じず膣内に出し続けたら、いずれ妊娠してしまうに違いない。

――あの紗耶がヤクザの子を孕む……。

近い将来、そんな日が来るのだろうか。

そのときの絶望感を想うと胸裡に慄えが走る。かすかな後悔も芽生えた。が、すぐに気持ちを立て直した。もはや後戻りはできないのだ。

男は太息を吐き、ふたたび東の空を眺めやった。心に悪魔を迎え入れたせいか、鈍色《にびいろ》を湛えた空は、ますます翳って見えた。

22

「おらっ、もっとケツを振りやがれ」

ピシャリと柔肌をはたく音に続き、ドア越しに悲鳴が届いた。向かいの部屋の空気を入れ替え、廊下に戻った幹久は、忍び足で姉の部屋に寄った。

ベッドの軋みにあわせて喘ぎが聞こえる。おそらく姉は、バックから責められているのだろう。どんな表情をしているのかも想像がつく。連夜のビデオ観賞により、姉の痴態は隈なく脳裏に焼きついていた。

軟禁されて三週間が経ち、征二から受け取ったＤＶＤは十八枚を数えた。どのシーンも壮絶だが、性器と肛門を同時に貫かれ、髪を振り乱して歔き狂うさまが最も印象に残っている。ベッドを囲んだチンピラどもが自らペニスをしごき、整った顔がドロドロに穢されるシーンも衝撃的だった。あでやかなドレスを身に纏い、シャンパングラスに溜めたザーメンを喉に流し込むシーンにも度肝を抜かれた。強制された行為とはいえ、画面越しに観る姉の姿は淫靡きわまりなかった。

それでいて持ち前のしとやかさが失われていないのが不思議だった。ときおり遠目にする彼女は清楚な装いが板につき、女優然とした美しさが以前よりも際立って見えた。

姉は女の悦びを知ったのだと思う。あるいは『堕ちた』と譬えるべきか。逃亡に失敗し、その罰として浣腸、さらには肛門レイプという凄惨なリンチを受け、夢や希望を失くしてしまったに違いない。さもなければ心のどこかが壊れてしまったのか。

もしそうなら幹久にも通ずる。よがり歔く姉を『おかず』にするなど、変態以外のなにものでもない。そしてそれは組員みんなに知られていた。監視カメラが作動するなか、以前は立ち入りを禁じられたエリアにこうして佇んでいられるのは、『弟も堕ちた』と判断されたからに相違なかった。

「おら牝豚っ、てめえのマンコにたっぷり出してやる」

耳を欹《そばだ》てていると、部屋の中から上擦った声が聞こえた。ほどなく姉の叫びが耳に届き、ベッドの軋みがふいにやんだ。ややあって撮影機材を片付ける物音が伝わってくる。幹久はやるせない想いに打ちひしがれ、部屋の前を離れた。

階段の手摺りを磨いていると、パンチパーマの繁とリーゼントの哲平がステップを下りてきた。拭き洩れがあったらど突くぞ、と哲平に睨めつけられ、幹久は無言の会釈をもって狂犬のようなチンピラを遣り過ごした。

それから五、六分後、貧相な中年男が階段口に現れた。顔立ちに劣らず、躰つきも見るからにみすぼらしい。髪型はいわゆるバーコード、しかも幹久と同じジャージ姿ということもあって、駄目オヤジ風のキャラクターを売りにするお笑いタレントを想わせた。

「おまえの代わりに、姉貴に吠え面をかかせてやったぜ」

横で足を止めた男に甲高く切り出され、幹久は眉をひそめた。まるで仕返しをしたような物言いをされても身に憶えがない。ただ、対峙する男とは以前、どこかで顔をあわせた気もした。『吠え面をかかせる』という一言にも記憶にふれるものがある。

しかし、どんなに頭の中を渫《さら》っても、それらしき事実には行き当たらなかった。だからといって問い返すつもりにはなれず、幹久は手摺りに片手を添えたまま、階段を下る禿げ頭を見送った。

◇　◇　◇

下劣な中年に口と性器を犯されてしばらく、紗耶はベッドに裸身を横たえていた。逃亡に失敗して以降、昼夜を問わずセックス漬けにさせられ、いまや性の奴隷へと堕ちきっている。週末に俵田が訪れるたび相手する顔ぶれも変わり、複数プレイを強いられることも珍しくなかった。あれは十日くらい前だったか、先陣を切った征二に「子宮がパンパンになるまでザーメンを注ぎ込んでやる」と脅され、延べ二桁を超える組員たちに輪姦されたことがある。その夜を境に凌辱の度合も右肩上がりを示し、いまだ泣き叫ばずにはいられない浣腸をはじめ、征二らが称する『二穴責め』や『ポルチオ強制アクメ』など、言語に絶する辱めを日替わりで受けてきた。

――わたしはもう、連中のおもちゃでしかない……。

そんな諦めが頭をもたげ、抵抗する気はほとんど起きなかった。ただ求められるままにケダモノどもに抱かれる。そうする以外、ここで生きていく術はなかった。

胸の鼓動が落ち着くのを待ち、紗耶はベッドを下りた。内腿を伝う精液をティッシュで拭い、バスローブを羽織る。凌辱されたあと、ほんの三、四十分だが入浴することが許されていた。陽射しが映えるテーブルに着き、美冬が迎えにくるのを待つ。

やがてノックがあり、入口のドアが開かれた。紗耶は足を踏み出しかけ、躰をビクリとさせた。美冬と並び、俵田が部屋に入ってきたからだ。

及び腰で立ち尽くしていると、そんなに怯えるんじゃねえよ、と俵田がにやけた。「今日はおめえに頼みてえことがあってな」

話の展開が読めず、紗耶は上目遣いに俵田を見つめた。

「実はいま、新しいクラブの開店準備を進めてるんだが、来週の土曜日、プレオープンの記念パーティーを開くことになった。とりあえず体裁だけは整ったんでな」

「……それとわたしに、どんな関係が？」

「その店は趣向を凝らしたセックスショーを定期的に催す計画でいる。そこでぜひ、おめえに初っ端を飾ってほしくてよ、こうして訪ねてきたってわけだ」

紗耶はブルブル慄えだした。惑乱する脳裏に、媚薬責め、鞭打ち、緊縛吊り、浣腸、アナルセックスと、忌まわしい調教の数々が甦る。気がつくと「いや、そんなの絶対にいや」と半ベソ顔を揺すっていた。

「おめえに拒否権はねえ。ペットはおとなしく飼い主の言うことを聞いてりゃいいんだ」

「……わたしは、あなたのペットなんかじゃありません」

「呼び方なんざ、どうだっていい」抗弁を受け流し、俵田が吐き捨てた。「ともかく来週の土曜日、おめえにはパーティーの目玉になってもらう。言っとくが自殺しようなんて考えるなよ。もしそんな真似をしやがったら、かわいい弟にあとを追わすぜ」

それでもいいのか、と念を押され、紗耶はガクリと項垂れた。俯けた目がみるみる潤み、大粒の雫がバスローブに滴る。しかし対峙する俵田は一片の情も見せず、「細けえ段取りはこいつに聞け」と美冬に顎をしゃくると、冷淡な一瞥を突き刺して部屋を出ていった。

23

十一月初めの土曜日——。美冬がママを務める会員制クラブ〈パンドラ〉が新宿歌舞伎町にプレオープンした。以前はホストクラブだった地下フロアを改装し、新たに半円形のステージを設《しつら》えた店舗は、一部の造作がまだ未完成であるものの、テーブル席やソファセットは図面どおりに調い、招待客を迎え入れるうえで不備はない。酒席を彩るホステスたちも五社組の息がかかったキャバクラや高級クラブから引き抜いており、容姿、接客術ともに最高ランクの人材を揃えていた。

この日、来店した客は六十人だった。カウンターを除いた席数がおよそ百だから、相席する三十余名のホステスを足して、ほぼ定数に達した計算になる。実際、間接照明に浮かぶ店内には満席特有のざわめきが満ちていた。

招待客の大半は四十代以上の紳士だった。だが、女性客もちらほら見受けられる。西洋人、中東系、アジア人と、日本人以外の客も十人近く来店していた。

ホステスをはべらせ談笑する客たちはみな、タキシードや上質のスーツ、あるいはカクテルドレスで着飾っている。物腰もパーティー慣れした感があり、俗に言う『セレブ』であることが窺えた。それもそのはず、居並ぶ面々は一流企業の役員をはじめ、政治家、高級官僚、医者、弁護士など社会的地位の高い職に就いている。自ずと財力もあり、裏を返せば三百万の入会金をポンと支払える知己だけを招待したのだった。

集まった客たちは成功者であるという以外に、もうひとつ共通点があった。それは性癖だ。病的なサディストに生来のマゾヒスト、はたまたコスプレマニアに幼児プレイの愛好者と、誰もが取り澄ました顔の裏に変態の一面を隠し持っていた。

俵田につき従い挨拶回りを終えた美冬は、閑散としたカウンターに足を向け、臨時のバーテンを務める俊也にシャンパンをもらった。スツールには座らず、冷えたシャンパンで喉を潤しながら店舗の奥を眺めやる。

そこにはフロアより一メートルほど高くした常設ステージがあった。直径十メートルの半円形ステージは、いわばパンドラの顔だ。いまは緞帳《どんちょう》が下りているが、ステージの正面にはプロジェクター・スクリーンが横並びで吊るされ、ショーの映像をふたつ同時に、しかも二百インチの大画面で観ることができた。集音マイクも十数箇所に取りつけられ、ステージの音が5・1チャンネルで聞こえる仕組みになっていた。

腕時計の針が八時を回り、定刻どおりショーの開演を告げるアナウンスがあった。それを合図にジャズの調べがフェードアウトし、代わりに琴の音色がスピーカーから流れてくる。

シャンパンを飲み干した美冬は「ごちそうさま」と礼を述べ、目があった客らに一揖《いちゆう》しながら俵田がいるテーブルに戻った。

「いよいよだな。集まった連中がどんだけ驚くか、いまから楽しみだ」

タバコを吹かす俵田の声に、美冬は「ええ」とうなずいた。よりインパクトを与えるため、招待状には『オープン記念スペシャルステージ』としか謳っていない。これから見世物にされる紗耶にも、ショーの内容はいっさい明かしていなかった。

緞帳がゆっくり上がり、照明が徐々に薄らいだ。フロアが真っ暗になるのにあわせ、ステージ上のスポットライトが、ブゥン、と音を立てて灯る。待ち望んだメインイベントの訪れに、招待客はみな息をひそめた。

照らし出されたステージの中央には畳が敷き詰められていた。その真ん中には純白のシーツで包《くる》んだ長方形のマットが敷かれている。あとは黒ずんだ木箱が置かれているだけだった。その簡素さに、一部のテーブルから戸惑いの囁きが届く。

ただそれも束の間のことだった。ステージの袖から紗耶が現れると、客席はふたたび静まり返った。一拍遅れて嘆声が上がる。紅絹《もみ》の長襦袢を身に纏い、先導する黒子にステージの中央へと引き立てられた紗耶は、それほどまでに美しかった。

暗闇に沈んだ客席は、ステージ上からぼんやりとしか見えない。それでもギラつく眼差しを感じるらしく、畳の前に佇んだ紗耶は俯けた顔をスッと背けた。

が、背後に寄り添った黒子に顎を摑まれ、すぐさま正面に戻される。天井から垂れる指向性マイクが「あぁ」という切なげな声を拾い、招待客の間に興奮の兆しが拡がった。眉根を寄せる顔がスクリーンに映されると、彼女を嬲り尽くした俵田までもが「ほんといい仕事をしてくれるぜ」と目を細めた。

いい仕事、という点では黒子役の征二も負けてはいなかった。影のように目立たず、それでいて伊達締めや腰紐を解く手捌きに淀みはなく、もじつく紗耶の躰から長襦袢を引き剝がしてゆく。同様に肌襦袢、腰巻きの順で手がかけられ、羞恥に火照る雪白の肌が招待客に披露された。

「あぁ、いやあぁぁ」

素っ裸にさせられた紗耶は、ギャラリーの視線から逃れるように身を捩らせ、涙声で喘いだ。しかし、またもや征二の手が両脇から伸び、乳房と陰部を覆った手が腰の裏へと引き回される。事前の打ち合わせどおり、そのタイミングを狙ってカメラが切り替わり、ツルツルに剃られた女の丘がアップになった。

「ほう、あの別嬪さん、剃毛してるのか」

隣のテーブルから感じ入った声が届いた。他の客たちも、身じろぐ紗耶とスクリーンを食い入るように見つめている。そうやってギャラリーの目を存分に愉しませ、両手で摑んだ紗耶の腕を征二が真上に絞り上げた。阿吽《あうん》の呼吸で画面がチェンジし、たわわな乳房と腋の下が大写しになる。一瞬後、最前より大きなざわめきが各テーブルで起こった。

それも当然だと思う。丸一カ月、手入れを禁じられた紗耶の腋には長さ一センチほどの翳りが密生していた。腋毛を生やした女、ましてやそれが類稀なる美貌の持ち主とくれば、この反応もあらかじめ予想されたものだった。

「お願いです、手を離してください」

消え入るように俯き、紗耶は胸に垂れた長い髪を小さく揺らした。そんな気恥ずかしげな姿をしばらく晒したあと、征二は摑み上げた彼女の手を解放し、汗に光る裸身を背後の畳へと押し上げた。

腰を屈めた征二に耳打ちされ、紗耶はおずおずとマットに俯せになった。すかさず征二が右腕を押さえ、マットの角から太いチェーンを引きずり出す。滑車が回る音を響かせ、彼が摑んだチェーンの先には黒い革枷が取りつけられていた。それを見た紗耶が「なにをするんです？」と先行きへの不安を口にする。だが、黒子に徹した征二は無言を貫き、引き伸ばした彼女の手に黙々と革枷を巻きつけた。

左腕、そして両足にも同じ処置がなされ、紗耶の躰はシーツの上にX字形に繫ぎ止められた。天井から俯瞰するカメラにより、その様子がスクリーンに映し出される。首筋から臀部にかけ舐めるようにレンズが這うと、ショーの内容を察した一握りの客が畏敬の目をよこした。暗がりのなか、俵田は金歯を光らせ、得意顔でシャンパンを呷った。

それからほどなく、集音マイクが引き攣った悲鳴を拾った。マットに片膝をついた征二の手には注射器が握られている。覚醒剤かなにかと勘違いしたらしく、紗耶は「そんなもの打たないで！」と張り詰めたチェーンを軋ませて激しくもがいた。

泣き喚く彼女から目を逸らし、美冬は客席を見回した。ステージとは対照的に、うろたえる者はまずいない。招待客はみな淫猥なショーに観入り、着飾った躰から嗜虐の昂ぶりを発散させていた。採用の際、パンドラは非合法なショーを売り物にする秘密クラブだと言い含めてあるからだろう、相席したホステスたちも傍目には泰然としている。そんな異様な雰囲気のなか、「いやッ！」「許して！」という切迫した叫びだけが琴の調べを縫ってこだました。だが進行の妨げにはならず、まぶしく映える両肩に、さらには両足の付け根に、次々と注射針が突き立てられていった。

使用した四本の注射器をプラスチックケースにしまうと、征二は筒形の箝口具《かんこう》を取り出し、噎び泣く紗耶の口に無理やり咥えさせた。これから本番となるショーは尋常でない痛みを伴うため、発作的に舌を嚙み切ってしまう可能性がある。注射器の中身も筋肉弛緩剤の一種であり、激痛にのた打ち回らないよう施したのだった。

征二がステージの袖へ消えると、藍の作務衣《さむえ》を着た初老の男が現れた。男は客席に目もくれず、まっすぐ紗耶のもとへ歩いた。この男は通称『彫重《ほりしげ》』と言い、関東ではその名を知られた伝説の彫師だった。

彫重が腰を下ろすと、真上と正面からの映像がスクリーンに映し出された。アングルやズーム比率はリモート操作によって淀みなく切り替わり、殺気めいた彫師の風貌や白磁の小皿に墨を注いでゆく様子がその都度アップになる。涙が光る紗耶の横顔にもレンズが向けられ、開演を待ち侘《わ》びる観衆を煽り立てた。

ここまでくれば、これからどんなショーが行われるのか気づかぬ者はいなかった。客席にはサディスティックな昂ぶりが充満し、美冬はひとり息苦しさを覚えた。

「いやッ、なに⁉」

丸筆を摑んだ彫重が細い穂先を肌に滑らせると、紗耶は唯一動く頭をもたげ、不安げにあたりを見回した。そして自分を映すスクリーンに目を留め、ショーの内容を悟った直後、箝口具を咥えた口から濁音まじりの絶叫を噴き放った。

「いやですッ！　刺青なんていやッ！　絶対にいやッ！　いやあああッ‼」

紗耶は号泣し、泣き濡れた顔を打ち振るった。しかし、すさまじい嫌がりようとは裏腹に、クスリを打たれた手足はビクとも動かない。キャンバスと化した背中もかすかに波打つだけで、彫重は粛々と下絵を描いた。

憐れみなど毫も感じさせないのは客たちも同じだった。生贄が泣き叫ぶさまに血走った目を注ぎこそすれ、同情や不快感を覗かせる者はどこにもいなかった。

「お願いです……刺青なんて、そんな恐ろしいことしないでください……」

下絵が描かれる間、紗耶は繰り返し慈悲を訴えた。だが、眼光鋭い彫重の表情は一貫して変わらず、手つきが鈍ることもなく、一時間後、後光と花吹雪を背負った観音像の線画が真っ白い柔肌に浮かび上がった。

それから十五分間の休憩が取られ、一旦スポットライトが消された。間接照明が灯ると同時にスルスルと緞帳が下り、啜り泣く紗耶の姿が客の目から隠される。それでも興奮の余韻は各所に残り、用を足しにトイレへ向かう者、喉の渇きをアルコールで癒やす者、知人やホステスと感想を述べあう者、はたまた美冬や俵田に入会の条件を訊きにくる者、いずれの顔からも上気した色が見て取れた。

「この分でいくと、少なくとも半分くれえは会員になるんじゃねえか」

ショーの再開を告げるアナウンスがあり、ふたたびフロアが暗転すると、身を寄せた俵田が満足顔で囁いた。肩を抱かれた美冬は「うまくいけば四十本をクリアできるかも」と同調し、白々と映えるステージを眺めやった。今晩のプレオープンでは来客数の三分の一、すなわち二十人をノルマにしているのだが、先ほどの手応えからすると倍増だって夢ではなさそうだ。とはいえ、目標達成の裏で紗耶が血の涙を流すことを考えると、どうしても手放しでは喜べなかった。

ステージにはすでに彫重の姿があった。下描きのときと同じく、座蒲団の上に胡座を掻いた名彫師は、いかめしい面持ちで刺青の鍼《はり》を手にした。

「お願いです！　やめてくださいッ！　やめてええぇェッ!!」

くぐもった絶叫がフロアにこだまし、美冬はスクリーンに目を移した。天井のカメラが慄えうごめく紗耶の背中を捉え、そこに描かれた観音図がアップになる。肩甲骨の上に彫重の手が添えられ、観音像の顔のラインに最初の一鍼が突き刺さった。

「ああッ！　痛いッ！」

頭を仰け反らせた紗耶の口から鋭い悲鳴が迸った。和彫りの痛みは鞭打ちや蠟燭責めの比ではないという。中には失禁してしまう者もいると聞いていた。

しかし彫重はいっさい斟酌せず、機械のような精密さで滑らかな肌に墨を入れていった。そのたびにマットの際に設置した高感度マイクが鍼を突き刺す音を拾い、絶望に泣き暮れる紗耶の呻きを妖しく際立たせた。

24

テレビの前に移動させた椅子に座り、幹久はペニスをしごいていた。凝視する先には、白い敷布の上に俯せに寝かされ、儚げに悶える姉の姿が映っている。姉は週二回、都内にオープンする秘密クラブに連れていかれ、多くの観客が見守るなか、雪白の背中に観音像の刺青を彫られていた。

このショーは全七回に分けて開催された。その都度、完成してゆく様子がビデオに撮られ、幹久もつぶさに観てきたわけだが、中でも筋彫りのシーンにいたく興奮した。X字形に固定された躰をうごめかせ、声のかぎり泣き叫ぶさまは痛ましくも凄艶だった。筋彫りが終わった頃には姉も諦め、ときおり眉根を寄せて泣き喘ぐだけだったが、それはそれで劣情を煽り立てた。色入れの段でも目立った抵抗はなく、作業は粛々と進んだものの、美しい泣き顔に嗜虐の血が騒ぎ、握り締めたペニスは硬く屹立した。

姉の背中の刺青は、素人目にも見事な出来栄えだった。錦の法衣を纏った観音像は、虹色の後光をバックに印を結んでいる。肩から臀部にかけ、額縁のように散らした色鮮やかな花吹雪も、白い肌に艶めかしく映えた。腰回りに漂う紫色の霞もしかり。ぼかし具合が絶妙で、女性的な絵柄を引き立たせる一服のアクセントになっていた。

ビデオは完成した刺青を客に披露するところだった。客席に背を向けた姉がロングヘアを梳き上げると、ギャラリーがいっせいにどよめいた。手淫に耽りながら、幹久も息を呑んだ。このシーンを観るのは二回目だが、羞恥に身を揉む姉の後ろ姿と、毒々しい彫り物とのコントラストに、躰の芯がいやおうなく熱を帯びた。

一生消えない烙印《らくいん》を捺《お》された姉。

それは、どんなに麗しくても憧れの存在ではありえなかった。画面の中で裸体を晒し、スポットライトの光に妖艶な刺青を浮き立たせる姉は、ヤクザの手に落ちた気の毒な女、もしくは惨めな性奴でしかなかった。

――姉さん、きれいだよ。売女になっても相変わらずきれいだ。

項垂れる姉を見つめ、幹久はペニスを擦り上げた。快い痺れがにわかに拡がる。さらに追い込みをかけ「うッ」と呻いた刹那、赤剝けた亀頭の先から白濁の精がしぶいた。


日課の雑用を済ませ、窓辺のテーブルで休憩していると、俊也が部屋を訪ねてきた。よっ、と片手を挙げた彼は、まっすぐ向かいの椅子まで寄り、そこが自分の席であるかのように気兼ねなく腰を下ろした。

「きみも喫うかい？」

タバコを取り出した俊也にそう訊かれ、幹久は「はい」と素直にこたえた。彼にはなぜか警戒心が湧かない。もちろん彼もヤクザであり、磨いた便器を舐めさせられるなど、ひどい仕打ちを受けてはいる。虜囚となって二カ月が経ち、彼の役所も朧げながらに理解していた。

たぶん、彼と征二は、女を性奴に仕立てる『調教師』に違いない。凄腕であることも明白だった。その証拠に、恥じらいや慎ましさを保ったまま、姉はすっかりセックスの虜になっている。俊也のやさしさが演技ではないからだろう、姉もまた彼にのみ心を許している素振りが窺えた。相手がもしほかの組員なら、怒りに身を焦がし、ともすれば殺意を抱いたかもしれない。だが彼の躰にしがみつき、甘くよがり歔く姉を目にしても、心がささくれ立つことはなかった。

――俊也さんは、姉さんのことをどう思っているんだろう？

互いに一服すると、そんな疑問が頭をよぎり、幹久はそのまま口にした。俊也は「どうって？」と訊き返し、怪訝《けげん》な表情を見せた。

「……姉に……恋愛感情とかはないんですか」

「ああ、そういうこと」得心した俊也はフッと目許をくつろげた。「確かに紗耶はモデル顔負けの美人だし、スタイルも日本人離れしているし、性格的にもかわいいけど、だからって惚れたりはしない」

予想された返答だったが、そうですか、と返す声には落胆が滲んだ。

「逆に訊くけど、なんでそんなことを？」

「姉はもう普通の生活を送ることは不可能でしょう？　ならば、ヤクザの女になったほうが幸せなんじゃないかと思うんです」

「一理ではあるね。ただ、くどいようだけど俺の女にするつもりはないよ。そもそも彼女は組長《オヤジ》のお気に入りだから、たとえ惚れていようと独り占めすることはできない」

「……じゃあ、弟子を取るというのは？」

「ん？　それはどういう意味だい？」

小首を傾げる俊也に向け、幹久は上体を前のめりにした。「僕を、いえ俺を……俊也さんの弟子にしていただけませんか」

俊也の顔からスッと笑みが消えた。目つきも最前とは打って変わって鋭い。だが、ここで退《ひ》いたら本当の負け犬になってしまうと、幹久はテーブルを摑む指に力を込めた。

「俺は半端者《もん》です。弱虫です。もし抗争が起きたら尻尾を巻いて逃げ出すかもしれない。でも俺は、このまま腐っていくのが耐えられないんです。俺だってもう、まともな生き方なんてできやしないじゃないですか。だったら裏の世界に居場所を求めたい。自信はないけど覚悟はあります。だから……」

そこまで一息に言い、幹久は喉を震わせた。自らのセリフに感極まり、涙はあとからあふれてくる。それを情けないとは思わなかった。姉の付録として飼い慣らされるくらいなら、いっそチンピラになったほうがマシだ。

そんな想いが伝わったのか、俊也は「わかった」とうなずき、椅子から腰を上げた。組長や兄貴に相談してみる――。そう言い置き、幹久に背を向けた。

25

地下鉄を降り、地上に出ると、園垣雄一は足早に交差点を渡った。夕闇の中に聳えるタワー型のビルは、以前、紗耶と一夜を過ごしたシティホテルだ。

彼女から連絡が入ったのは三時間前のことだった。近いうち逢えないかと訊かれ、雄一は「だったら今夜さっそく逢おう」と提案した。この二カ月、恋人らしいつきあいから遠ざかり、一秒でも早く彼女の顔を見たいという渇望感があった。

鼻先に白い息を弾ませ、ホテルの玄関をくぐると、雄一はロビーを見渡した。フロント、待ち合いブース、喫茶スタンドと、フロアを進みながら一通りチェックする。だが、ロビーで待ち合わせる約束をしたのに、どこにも紗耶はいなかった。それでつい腕時計を見たとき、ふいに着信メロディが響きはじめた。

雄一はスーツの胸ポケットから携帯を取り出した。サブウインドウには先ほど登録した紗耶の新しい携帯番号が表示されている。急いで通話ボタンを押し、第一声を送ると、紗耶はまず「ごめんなさい」と詫びて部屋を取ったことを告げた。

それを聞いて雄一は『えっ⁉』と驚嘆した。久しぶりの再会だから夜景のきれいなレストランで夕食でも、と道すがら胸を膨らませていたのだ。が、すぐに気持ちを切り替え、「ふたりきりで話がしたいから」と続けた彼女にルームナンバーを訊いた。

高層階でエレベーターを降りると、指定された部屋をノックした。ややあって内側にドアが開かれる。雄一は「やあ」と笑いかけ、そのまま凍りついた。

目の前に立つ紗耶は、それほどまでに美しかった。逢えなかった間に、容姿がまた洗練された気がする。身に纏う雰囲気も、以前より明らかにつやめいていた。

「なんだか夢か幻でも見ているみたいだ」

照れ隠しに、おどけ顔をやわらげた。しかし紗耶は、儀礼的に微笑むだけだった。入室を促す声も感情に乏しく、どこか別人みたいに聞こえる。それでもこうして再会できたことが嬉しく、部屋の真ん中で足を止めると、振り向いた彼女をきつく抱き締めた。

「逢いたかったよ、紗耶」

香り立つ彼女の髪に頬擦りしながら、雄一は耳許で囁いた。だが、ここでも彼女は予想外の反応をした。当然『わたしも』と言ってくれると思っていたのに、まるでマネキンのように押し黙っている。ばかりか胸元に両手を挿し入れ、抱擁から逃れた。

「わたしはもう、やさしくされる資格なんてないから」

「……どういう意味？」

含みのある物言いに、一歩退いた紗耶を怪訝に見つめた。すると彼女は「それをこれからお話しします」と他人行儀にこたえ、窓辺のテーブルに目顔を流した。雄一は「わかった」と首肯し、彼女の向かいに座った。

見下ろす窓の先には、街灯やネオンに彩られた都心の街並みが広がっていた。その清らかな輝きに、二カ月前、このホテルで過ごした甘いひとときを思い出す。しかし今夜は、その再現とはいきそうになかった。

「弟がトラブルを起こしたことは、電話でも話したわよね？」

腰が落ち着くのを見計らい、紗耶が切り出した。雄一は「ああ」と相槌を打ち、どんなトラブルだったのか訊いた。これまで二度、月一の割合で連絡を受けていたが、『会社を休んで解決に当たることになった』と聞かされた以外、マンションを引き払った理由をはじめ、詳細はいっさい教えられていなかった。

「弟がね、ヤクザの女に手を出しちゃったの。しかも組長の女に」

「えっ⁉　ヤクザの女？」

素っ頓狂に訊き返すと、紗耶は「ええ」とうなずいた。「それで、『落とし前をつけろ』って迫られて、仕方なくわたしが身代わりになることに……。だいたい想像がつくと思うけど、躰で償うことを強要されたの」

「そんな――」雄一は絶句した。「じゃあ、いままでずっと逢えなかったのは……」

「幹久と一緒に軟禁されていたから。その組長の別荘に」唇をわななかせ、紗耶はポロリと涙した。「そこで毎日、いろんなことを仕込まれたわ。人には聞かせられないような、とても恥ずかしいことも……」

赤裸々な告白は、途中から映画のセリフみたいに聞こえた。受けた衝撃があまり強く、語られた事柄をまともに整理することができない。弱みを握られてヤクザの慰みものになった？　連日、口には出せないようなことを仕込まれた？　にわかには信じがたい。けど、嗚咽する紗耶の涙に、偽りはない……。

「警察には報せたの？」込み上げる憤りを抑え、諭す口調で問うた。「そいつらがしたことは犯罪なんだからさ、たとえ幹久君に落ち度があったとしても」

「でもビデオに撮られちゃってるから……」

そうか、と雄一はつぶやき、卑劣なヤクザに新たな怒りを燃やした。犯すだけでは飽き足らず、映像に残して脅しの材料にするなんて。断じて赦《ゆる》しがたかった。紗耶をおもちゃにしたヤクザどもを皆殺しにしてやりたい。そんな殺意すら芽生えた。が――。

握り拳《こぶし》を解き、胸に拡がる衝動を無理やり捻じ伏せた。いますべきは怒りに身を任せることではない。雄一は「紗耶」と呼びかけ、おもむろに言葉を絞り出した。

「きみが苦しんでいたのに、のほほんと連絡待ちをしていた自分がものすごく恥ずかしい。それに悔しくてならないよ。婚約者なんて名ばかりで、なにも手助けできなかったことが。でも僕は、そうした負い目を引きずらない自信がある。傷ついたきみの心を癒やしていく自信も。だから一緒に戦おう。ともに手を取りあって、つらい現実を乗り越えていこう。今度こそ僕は全力で守ってみせるよ。薄汚いヤクザからも、心ない中傷からも」

「わたしを許してくれるの？」口許に手を当て、ハラハラと涙しながら紗耶が訊いた。「こんなに汚れきってしまったわたしを」

「当たり前じゃないか。だって僕らは夫婦になるんだろ。それにきみは少しも汚れてなんかいないよ。心も躰も相変わらずきれいだ」

「……ありがとう」

震える声で感謝を述べ、俯けた顔を両手で覆うと、紗耶はひとしきり噎び泣いた。その間、彼女を抱き締めるべきか、そっとしておくべきか判断がつかぬまま、雄一は眼下に広がる夜景を眺め続けた。

「わたしが今日、こうして逢いにきたのは、さっきみたいなセリフを雄一さんに言ってほしかったからかもしれません」ハンカチで目許を拭うと、紗耶はこの部屋のカードキーをテーブルに置いた。「本当なら黙って行方をくらますこともできたのに」

「どうしたんだよ？　急に」

紗耶の言動は唐突にすぎた。しかし彼女は問いかけにこたえず、椅子から立ち上がってジャケットを脱ぎはじめた。

「わたしはもう、雄一さんが知っている『藤江紗耶』ではないんです」

紗耶はブラウスも脱ぎ、背凭れにかけたジャケットの上に重ねた。そして後ろ側に垂れた長い髪をブラジャーに包まれた胸元へと梳き、静かに躰を回した。

直後、雄一は愕然と目を剝いた。首筋がざわりと粟立ち、手足が硬直した。

——そんな……そんな……。

あろうことか、紗耶の背中には観音像の刺青が彫られていた。白い肌に描かれた浮世絵のような図柄は、その毒々しい色彩をもって妖しく映じられた。

「これがいまのわたしです」異様な光景に目を奪われていると、肩越しに紗耶がつぶやいた。

「こんな彫り物をした女、将来のある雄一さんにはふさわしくないでしょ？　だから、わたしのことはもう、忘れてください」

後半は涙声だった。紗耶の啜り泣きにあわせ、背中の観音像も小刻みにうごめく。項垂れる後ろ姿は見るほどに痛ましく、雄一の胸をキリキリ締めつけた。なのに声をかけてあげることができない。かつてないショックで頭の中が真っ白になり、かけるべき言葉すら考えつかなかった。

自失から醒め、ぼんやり首を巡らせると、いつの間にかパンツスーツを身につけ、深々とお辞儀をする紗耶の姿が目に映った。

待て！　行くな！

雄一は叫んだ。声を張り上げ、引き止めたつもりだった。しかしこの段になっても言葉にならない。意思に反して椅子から立ち上がることもできなかった。そして――。

踵を返した紗耶は、ひとたび顔を上向けて部屋を出ていった。彼女が立ち去ったあとには、涙をきらめかせる微笑みだけが残像として残された。

◇　◇　◇

ホテルの正面玄関をくぐり、ロータリーの外れに佇んでいると、イルミネーションに映える真っ赤なポルシェが目の前に止まった。紗耶はリアサイドを廻り、ドアを開いて助手席に座った。シートベルトを装着し、ハンドルを握る美冬に「終わりました」と告げる。彼女は「そう」と前を向いたままこたえ、慣れた手つきでポルシェを発進させた。

紗耶は昼間、新未来通信の人事課を訪れ、退職手続きを済ませていた。書類を提出する傍《かたがた》社内融資も一括返済している。それで会社との繋がりは途絶えた。タイミングが悪いことに、杉村はヨーロッパに出張中だった。

——わたしはいま、哀しんでいるのか……。

感情の襞が麻痺してしまい、それすらもわからない。涙は涸《か》れ果て、過ぎ去る夜の摩天楼を虚ろに眺める胸の裡には、色彩のない喪失感だけが張りついていた。

美冬のマンションには二十分で到着した。これから彼女のもとで暮らすことになっている。期間はとくに定められていなかった。適当な物件を見つけ次第、そちらに住まわせるという。段取りがよいことに、自宅マンションは先月解約されていた。電気、ガス、水道もしかり。失踪騒ぎに発展するのを防ぐためだろう、どのように役所を欺いたのかは不明だが、住所変更もなされていた。

地下駐車場でポルシェを降り、居住エリア直通のエレベーターで三十二階まで上がると、前を歩く美冬に続いて内廊下を進んだ。奥に伸びる廊下は淡い間接照明に彩られ、さながら高級ホテルを想わせる。招き入れられた彼女の部屋も、その印象とたがわなかった。

「あなたはここを使って」

あてがわれたのは十二、三畳はあろうかという洋室だった。来客用として使われているらしく、セミダブルのベッドと二人掛けの応接セット、それに液晶テレビくらいしか目につくものはない。とはいえ、ホテル住まいすると考えればそれで充分だった。なによりここには自由があった。

作りつけのクローゼットには、別荘から運んだ衣類がすでに収納されていた。紗耶は抽斗からバスローブを掴み、着ていたパンツスーツを脱いだ。

着替えを済ませると浴室で汗を流し、リビングルームに足を向けた。先にシャワーを浴びた美冬はソファに座り、タバコを喫っていた。彼女もやはりバスローブ姿だった。

「本当にお酒だけでいいの？」

目があうと気遣わしげに念を押された。紗耶は「はい」とうなずき、センターテーブルを廻ってコの字形に置かれたソファの真ん中に座った。車中、レストランに寄るか、あるいはケータリングを利用するかと訊かれていたが、食事をする気にはなれず、ただアルコールだけを所望したのだった。

センターテーブルには各々のグラスと赤ワインが用意されていた。年代物のボルドーワインらしく、くすんだラベルには一九八〇年代の生産年が記されている。果たして一本いくらする銘柄なのか。ワインに疎い紗耶には見当もつかない。

もっともこれから先、しようと思えばこうした贅沢をすることも可能だった。秘密クラブが正式オープンした暁には、淫猥なショーの出演料として、また客を取らされる代償として、毎月百万単位の報酬が約束されていた。意外にも、それは決して出任せではなかった。その証拠に、刺青が完成した翌日、上機嫌になった俵田から五百万円が渡されている。

そんなお金など、もちろん望んではいなかった。ただ、この『取り分』のおかげで借金がきれいになったことを考えると、なんとも皮肉だった。

ふたつのグラスにワインを注ぎ、美冬が「どうぞ」とそのうちのひとつを差し出してきた。紗耶は礼を述べ、彼女に倣って儀礼的にグラスを掲げた。

窓からは、遠く聳える高層ビルの群れが青白く冴《さ》えて見えた。フロアの隅にはホームバーがあり、ホテルのスイートルームにいるような錯覚を起こさせる。しばらく室内を眺め回したあと、その目を美冬にすえた。

「わたしの弟は、ここで誑《たぶら》かされたんですね？　美冬さんに」

確信をもって断じると、美冬は「ええそうよ」とあっさり認めた。「念には念を入れて媚薬も使ったわ。こっそりお酒に混ぜたの」

「なぜわたしたちに目をつけたんです？」

「厳密には『たち』じゃなく、標的はあなたひとりよ」一口ワインを飲み、美冬はまず訂正した。「それはさておき、あなたを的にかけたのは、ある人に頼まれたから。『この女をめちやくちゃにしてほしい』って」

まじまじと美冬を見つめ、紗耶は小首を傾げた。どんなに記憶を辿っても、そこまで恨まれる憶えはない。率直にそれを告げると、美冬は「その人が憎んでいるのは、亡くなったあなたのご両親よ」と種明かしするように言い足した。

「なんでも昔、たいへんな裏切りにあったらしいの」

端的に説明され、株式投資に失敗したときのことを真っ先に思い浮かべた。あの件では父の口車に乗り、多くの知人が経済的なダメージを受けている。もしその中に破滅に追いやられた人がいたとしたら……。遺族まで憎んだとしても、なんら不思議ではない。ただ、腑に落ちない点もあった。それは美冬が『ご両親』と言ったことだ。その人物は父だけでなく、母のことも憎んでいるというのか……。

「むしろお母さんに対する恨みのほうが強いみたいね」

「どうして母が？」

「それはわたしの口からは言えない。その人が誰であるかも。ただ、なにもかも近々わかると思うわ。〈パンドラ〉が正式オープンしたら、あなたと対面するって言ってたから」

「これまでの仕打ちは、みんなその人が？」

「ううん、違う。どれも征二さんのプランニングよ。刺青にしたってそう。彼流の言い方をするなら、完璧な性奴に仕上げるために施したの。しかも彫ってるとこを見世物にしたら、いいプロモーションにもなる。あなたからしたら赦しがたい話でしょうけど。わたしも刺青は、さすがにひどいと思った。でも、準備は積極的に進めたわ。あなたは間違いなくパンドラの目玉になると確信したから。実際、プレオープンの刺青ショーはどのステージも大好評で、当初予定していた倍以上のお客さまが会員になってくれたわ」

「……そんなにお金が欲しいんですか」

裏切られた想いに、つい辛辣《しんらつ》なセリフが口を衝いた。しかし美冬は露も動じず、わたしが欲しいのはお金じゃなく権力よ、と決然とした面持ちで言い放った。

「組長にとって、いまのわたしは性欲を満たすための存在でしかない。飽きられたり不興を買ったりしたら、それで終わり。あとはチンピラたちに払い下げられるのがオチでしょうね。でもパンドラが軌道に乗って、莫大な収益をもたらしたらどうなる？　愛人でも一介の雇われママでもなく、ビジネスパートナーとして認めざるを得ないでしょう？　わたしの狙いはそこなの。一日でも早く成功を収めてポジションを上げる。そのためなら外道になることも厭わないわ」

不退転の決意を湛えた美冬の目は、かすかに潤んでいた。彼女はなぜ、ここまで権力の座に執着するのか。そのわけを尋ねると、彼女はスッと立ち上がり、サイドボードの上から写真立てを取って戻った。

手渡された写真立ての中には幼い子供のポートレートが収められていた。二歳くらいの女の子で、はにかむ仕草がかわいらしい。顔立ちも幼児タレントのように整っており、ゆくゆくは美人になると想われた。

「この子は？」

「わたしの娘よ」

「えっ!?」思いがけない返事に、紗耶は驚愕の眼差しを写真に注いだ。言われてみれば、目のあたりの雰囲気が美冬のそれと似ている。

「関西に〈和合会〉って指定暴力団があるんだけど、わたしは二十五のとき、そこの幹部に貢物として贈られたの。で、屋敷の離れに監禁されて来る日も来る日も犯され続けた」

陰惨な記憶が甦ったのだろう、そこで美冬は口を噤んだ。さりげなく窺った彼女の顔には、初めて目にする悲哀の翳りが滲んでいた。

「あなたが別荘でされたことは、わたしも一通り受けたわ。あれよりもっと屈辱的なことも、数えきれないくらいに。いつだったか、精液をかけたドッグフードを食べさせられた女がいたって教えたでしょ？　あれは、わたしが体験したことなの」

「なんとなく、そんな気がしていました」

そう、と美冬はつぶやき、寂しげに目許をくつろげた。「その幹部はサディストだから、どんなに許しを乞うても容赦はしてくれなかった。むしろ泣けば泣くほど拷問をエスカレートさせて、それで少しでも気に食わなければ失神するまで輪姦《まわ》させたりして……。そんな生活が三カ月も続いたの。で、あるとき気づいた。自分が妊娠していることに」

「じゃあ……」

写真を見つめ、紗耶は声を震わせた。対照的に、美冬は「ええそうよ」と事もなげにこたえた。

「その子は、そのときにできたの。だから父親は誰だかわからない。わたしを犯した男は、少なく見積もっても五十人は下らないから」

とんでもない告白に、紗耶は絶句した。それにかまわず美冬が続ける。

「レイプの末にできた子供なんて、わたしも最初は産みたくなかった。だけど東京に送り返されたあと、『ものはついでだから産め』って命じられて……。言い種としては最低よね。もちろん堕ろそうとしたわ。冷水を浴びたり、お腹を殴ったりして。でも、その子は流れなかった……」

詠嘆するように結び、美冬が手を伸ばしてきた。紗耶は写真立てを彼女に返し、渇いた喉をワインで潤した。我が子の写真に目を落とす横顔には慈愛が灯り、見ている紗耶の胸にもぬくもりが伝わった。

「月並みな言い方だけど、自分のお腹を痛めた子は無条件でかわいい。父親がわからないとか、どんないきさつで生まれてきたとか、そんなことはどうでもよく思えてくる。この子はわたしの宝よ」

その言葉に偽りはないだろう。だが、リビングを見渡しても幼い子供と暮らしている様子はなく、そのことを遠回しに尋ねると美冬の顔からたちまち笑みが消えた。

「この子はいま、組長の家に引き取られているの。というより人質に取られているようなものね、わたしから言わせれば。許可なく逢えないし、その回数も多くて月二回だし」

「そんな横暴が許されるんですか？　保護者でもないのに」

「あなたも身に沁みて理解してるだろうけど、常識とかモラルが通用する相手じゃないもの。感情に任せて浅はかな真似をしたら、外国に売り飛ばされたり、殺されかねないわ」

「まさか、そんな小さい子を――」

「彼らなら平気でやるわよ」美冬はぴしゃりと遮り、ソファから腰を上げた。「実際、何回か耳にしているの。『子供は金になる』とか『あのガキの腎臓はいくらで売れた』とか、そういった血も凍るような話を――」

そこで美冬は言葉を区切り、紗耶の隣に座り直した。彼女の顔つきは最前の穏やかなものとは打って変わり、つい喉を鳴らしてしまうほど鋭かった。

「さっきの繰り返しになるけど、わたしが上を目指す理由はただひとつ、あの子を取り戻すためよ。それにはまずパンドラを成功させなければならない。是が非でも成功させて一角の地位を得なければならない。そのためなら非情なことも率先してやるわ。あなたをさらに地獄へ突き落とそうとも」

美冬の決意に圧倒され、紗耶は躰を強張らせた。すると、フッと微笑んだ彼女はやおら紗耶を抱き寄せ、耳許で「でも――」とやさしく囁いた。

「あなたにだけつらい想いはさせない。死ぬときは一緒よ」

それを証明するかのように、美冬がそっとキスしてきた。紗耶は目を剝き、背筋を反らせた。だが、この段になっても抵抗はできなかった。初めて知る同性との口づけは恐ろしく甘美で、やがて押し倒されるままに躰を横たえ、舌を絡めあった。

26

十二月半ばの土曜日、男はタクシーで新宿へと赴いた。天道会五社組の組長、俵田重臣が裏のオーナーを務める秘密クラブが、いよいよ正式オープンするのだ。スーツの内ポケットに忍ばせたＶＩＰ向けの招待状によると、プレオープンのときと同じく八時から特別ショーが催される予定になっていた。

ただしショーの内容はわからない。あれこれ期待させるためだろう、これもプレオープンのときと同様、招待状には『禁断の扉』という、なんとも思わせぶりなタイトルしか明記されていなかった。

歌舞伎町でタクシーを降り、男はネオンの波間を歩いた。雑踏を縫い、広場を抜けると、『Pandora』と綴《つづ》られた電飾看板を横目に階段を下った。

「いらっしゃいませ。お待ちしておりました」

脱いだコートを預けていると、通路の奥から葛城美冬が現れた。今夜の彼女は、立ち襟のロングドレスで着飾っている。たおやかな表情からは、大箱を仕切るママの貫禄が窺えた。

美冬に先導され、男は店内に入った。時刻は七時四十分を回り、客席は九割方埋まっている。中には見知った顔もあった。だが、互いに目礼するだけで、みだりに声をかけはしない。それがこの店での暗黙のルールとされていた。

「ではこちらのお席でどうぞ。すぐにお酒のご用意をいたします」

着席を促されたのはフロアの一番奥にあるテーブルだった。ステージの際にあり、なかなかの上席といえる。男は礼を述べ、バランタインの三十年をボトルで頼んだ。

じきにホステスが隣につき、如才なく自己紹介しながらオン・ザ・ロックを作った。美冬には劣るが、このホステスもかなり美しい。それとなく周りを見渡しても、目につくのは美形ばかりだった。

彼女らのほかにも、この店には『タレント』と呼ばれる女たちがいた。タレントは酒席にはつかず、ステージの上で淫靡なショーを演じるのが役目だった。紗耶はそのトップを義務づけられた、いわば花形スターだ。

プレオープンのときの説明によれば〈パンドラ〉では水曜日と土曜日の週二回、ショーを催すことになっている。ラインナップを充足させるべく、今後もさらにタレントを募ってゆくと聞かされていた。

ショーが閉幕したあと、タレントは買うこともできた。ただしオークション方式を取っているので、競合必至のタレントを落札するには、それなりの出費を覚悟しなければならない。伝え聞いた話によると、紗耶に惚れ込んだ中国人が『あの女を一晩おもちゃにできるなら金に糸目はつけない』と鼻息を荒らげているらしい。口走った金額は、二百万とも三百万とも噂されていた。

買春のオークションは、今夜からさっそく行われる。男はウイスキーを飲みながら、あらためて店内を見回した。

　くだんの中国人はフロアの真ん中にいた。肥え太った四十男で、突き出した腹は無様に膨らんでいる。下顎にもたっぷり脂肪をつけているので首がなく、ＳＦ映画に出てくる悪の親玉をイメージさせた。傍若無人な振る舞いもそれらしい。両脇に抱き寄せられたホステスは、周囲の冷ややかな視線に笑顔を引き攣らせていた。

――彼女は今夜、あんな男の慰みものになるのか……。

ヒキガエルのような中年男に組み伏せられ、屈辱の涙を流す紗耶の姿が脳裏をよぎった。しかし憐憫《れんびん》は湧き起こらない。あるのは昏い復讐心だけだった。

口許に運んだグラスを大きく傾け、男は歪んだ満足感に酔い浸った。

◇　◇　◇

「後ろに腕を回せ」

　ステージの袖に佇んでいると、背後に近寄った征二から冷淡に命じられた。紗耶は「はい」と小声でこたえ、素直に指示に従った。すかさず両手首に革枷が巻きつけられ、８の字形のフックで連結される。

首にもリードを結んだ犬の首輪が巻きつけられた。躰はすでに全裸に剝かれている。恨めしげに見やった征二も、褌《ふんどし》一枚という恰好だった。

緞帳が下り、ぼんやり翳るステージには黒いマットが敷かれていた。そのほかに小道具の類はいっさいない。彫り物をされたときと同じく、事前にショーの内容は知らされていなかった。それゆえ不安は高まる。バックステージは空調により、ほどよい温度に保たれていた。にもかかわらず、先行きを想うたび悪寒《おかん》が走った。

やがて開演を告げるアナウンスがあり、緞帳がスルスルと上がりはじめた。それに伴い、客席から届いていたジャズの音量が絞られてゆく。入れ替わりに哀切なバックミュージックが流れだし、凌辱のステージを物悲しげに浮き立たせた。

「よし行くぞ。覚悟はいいな」

天井のスポットライトが音を立てて灯ると、リードの端を摑み、征二が言った。逆の手で般若《はんにゃ》の面を被り、無造作に歩きだす。いきおい首を曳かれ、紗耶はまぶしく映えるステージへ前のめりに躍り出た。

直後、観衆の昂ぶりが痛いほど肌を刺した。紗耶は恥辱に火照った顔を俯け、ステージの中央まで歩いた。いつものように『わたしは人形だ』と心に念じ、阿修羅の刺青を追ってマットに上がる。征二の足下に正座させられても、みだりに抵抗はしなかった。

「しゃぶれ」

白い褌を外し、征二が命じた。面の底で光る冷眼を見上げ、紗耶はいまいちど心を無にした。彼の股間に顔を寄せ、真珠を埋めた異形のペニスを下から含む。マットの周りには何台もの小型カメラが設置されていた。それらのレンズを通し、浅ましい姿がスクリーンに映し出されることも知っている。だが、込み上げる羞恥を捻じ伏せ、しゃにむにペニスをねぶり立てた。

張り出したエラに唇を被せ、裏筋を舐めさすり、イボを成す肉の棹を横に咥える――。一連の技巧は、泣きながら覚え込まされたものだった。しかしいまはもう、フェラチオくらいで涙ぐむことはない。むしろ被虐の炎に理性が灼かれ、躰の芯がいやおうなく疼いた。

「頭を客席に向けてケツを高く掲げろ」

次なる指示を浴びせられ、紗耶は硬く育ったペニスを口から外した。目の前で屹立するペニスは自らの唾液でぬめ光り、とてつもなく禍々しい。ビクン、ビクンと脈打つさまもグロテスクの一言に尽きた。

――いまからこれで刺し貫かれる。しかも大勢の人たちの前で。

それを想うと、さすがに怖じ気づいた。だがどこにも逃げ場はない。たとえ抗っても最終的には犯されるのだ。ならばと客席のほうに躰を回した。

後ろ手に両腕を拘束されているため、膝立ちの姿勢から腰を折った。自然とお尻を突き出す恰好になる。背後から陰部を撮られていることを想い、マットに伏せた顔を肩にうずめた。が――。

辱めはそれだけに留まらなかった。クリームを塗った指が、肛門に分け入ってきたのだ。予想外の展開に「うッ」と呻き、ヒップを抱える征二に驚愕の目を振り向けた。

――まさか、お尻でしようというの⁉

般若の面に隠れて表情は読み取れない。だが、念入りにクリームを塗りたくる手つきが悪辣な意図を物語っていた。

「いやッ、それだけはいやッ！」

押し殺していた羞恥が息を吹き返し、紗耶は恥も外聞もなく身を捩った。衆人環視のもと、変態のきわみともいえるアナルセックスを強いられる――。フェラチオや普通のまじわりなら我慢できても、こればかりは受け容れられなかった。

しかし抵抗はすぐに封じ込められた。暴れもがく腰をがっちり摑み、交尾する牡猿のように伸し掛かると、慄え窄まる肛門を一気に捻じ広げてきた。

「あうううぅぅ……痛いいいいッ‼」

背筋を反らし、紗耶は苦鳴を放った。これまで幾度となくアナルセックスを強要されてはいた。拡張トレーニングと称し、極太のバイブレーターを咥え込まされたこともあった。だがそれらは少しずつ馴染ませたうえでの行為であり、いきなり刺し貫かれたのは俵田にヴァージンを散らされて以来のことだった。

久しく忘れていたおぞましい痛み——。

感情のない人形は、たちまち生身の女へと戻った。

「こんなの……あんまりです」

あふれる涙にマットを濡らし、紗耶は突き上げる汚辱感に喘ぎ泣いた。それにかまわず、肛門を抉るピッチが徐々に早まる。相前後して征二の手が乳房に伸び、淫猥なタッチで揉みしだきはじめた。

「だいぶ感じてきたようだな」

肛辱の幕が開けて五分が過ぎた頃、リズミカルに腰を叩きつけ、尖った乳首を弄びながら征二が嗤った。確かに、紗耶の躰は妖しい昂ぶりに支配されつつあった。唇を割る吐息にも、いつしか甘い響きがまじりだしている。とはいえ、そうした肉体の変化を認めるわけにはいかなかった。紗耶は「そんなこと……ありません」と反駁し、皮下でうごめく快楽から意識を遠ざけた。が——。

抵抗はそう長くは続かなかった。両手で腰を押さえつけられ、杭を叩き込むように抜き挿しされると、イボに絡め取られた肛門から異様なときめきが燃え拡がり、肩に押し当てた口から「あッ」「あッ」という艶めかしい喘ぎが噴きこぼれた。それでも責め嬲る手は緩まず、征二はマットに流れた紗耶の後ろ髪をまとめて摑むや、暴れ馬を制止するかのごとく体重をかけて引き絞った。

「いやッ、痛いッ！」

後頭部に激痛が走り、上体を起こされた紗耶は鋭く叫んだ。しかし征二は一片の情も見せず、苦痛に歪む紗耶の顔を衆目に晒したのち、背後に仰向けになった。

間髪入れず、立てた両膝によって股間を割り裂かれた。髪を摑む手が離され痛みからは解放されたものの、取らされたポーズの浅ましさに紗耶は目を瞠った。

涙で滲んだ視界には、こちらを向いた人影がいくつも居並んでいた。暗闇に翳り表情こそ窺えないが、深々とペニスを咥えた肉の窄まりに何百という目が注がれているのがわかる。その事実に打ちのめされ、紗耶は「こんな恰好いや……」と泣き顔をくねらせた。だが、哀訴を重ねたり、羽交い締めにされた躰を揺すったりはしなかった。弱い姿を見せれば見せるほど惨めになる。第一、『商品』の訴えなど、この非情な調教師が聞き容れてくれるはずがなかった。

じきに肛辱が再開された。せめてもの意趣返しに、紗耶は客席から顔を背けた。

と、ステージの袖からもうひとり男が出てきた。征二と同じく般若の面を被り、白い褌だけを身につけている。年齢はおそらく二十代だろう。鍛えた体型をしており、背も高い。それで俊也かと思ったが違った。まっすぐ歩み寄ってくる若者の肌は、どちらかといえば白い。髪も後ろで束ねてはいなかった。

「……あなた……は？」

肛門を突き上げる律動に言葉を遮られつつ、マットに上がった若者に訊いた。しかし若者はなにもこたえず、慌しく褌を外した。

「しゃぶってやれ」

若者に代わり下から征二が命じた。紗耶は一瞬、躊躇したが、ここで拒否してもどうにもならないと、突きつけられたペニスをそっと咥えた。

丹念にフェラチオを施すにつれ、若者のペニスはみるみる大きくなった。それにあわせて鼻息も荒くなる。そのうち自らも腰を使いだし、このまま飲ませるつもりかとおののいたとき、若者はふと我に返ったように紗耶の頭から手を離した。

「じっとしていろ」

若者がいきり立ったペニスを引き抜き、足下のほうへ廻ると、またもや征二に命じられた。腰の動きを止めた彼に倣い、紗耶も荒い息を整える。これから『二穴責め』にかけられるのは明白だった。しかしいまは一秒でも早くショーを終わらせ、ステージの陰に消えることしか頭になかった。

　マットに跪いた若者は、鋼と化したペニスに手を添えると、硬く張り詰めた先端で無毛の陰裂をなぞった。ショーがはじまって以降、肛門ばかりが責め嬲られ、性器にはいっさい手をふれていない。なのに開発されたヴァギナは悲しいほど潤っていた。

　それを肌で感じ取ったのだろう、親指の腹でクリトリスを弄んだ若者は、紗耶がたまらず身悶えたのを合図に、ゆっくりペニスを沈めてきた。

「あああぁぁ……」

　二穴責め特有の圧迫感に、紗耶は生臭く呻いた。征二がストロークを再開すると、ふたつのペニスから繰り出される麻薬めいた刺激にさらなる喘ぎをしぶかせた。快楽の波は、あとからあとから押し寄せてくる。じきに極彩色の光が脳内で弾けた。

　紗耶の躰に覆い被さった若者も、ひどく興奮していた。ヴァギナを貫く腰遣いはもとより、乳房を揉む手つきからも無我夢中であることが窺える。悪く言えば若者のセックスは独りよがりで乱暴にすぎた。だが、不思議と嫌悪感は抱かなかった。むしろ、彼もまた自由を奪われた身であるような気がして、どことなく親近感を覚えた。

　それが疑心に変わったのは、最初のエクスタシーが過ぎ去った頃のことだった。仮面越しに聞こえる息遣いが、誰かのそれと似ている気がしたのだ。両目の穴から覗く瞳の色にも、既視感を揺さぶるものがあった。

　そんな胸の裡が伝わったのか、なおも暴力的にペニスを抽送しながら、若者が面の紐に指をかけた。そして次の瞬間——。

　愕然と目を剝いた紗耶は、ワンテンポ遅れて絶叫を噴き放った。

「いやあぁぁッ！　どうしてぇッ！」

　面の下から現れたのは、なんと幹久の顔だった。それを知らずに紗耶はよがり歔いていたのだ。血を分けた実の弟とまじわるという、最大のタブーを犯して——。

「ミッちゃん！　やめてッ！　お願い！　やめてえぇぇッ!!」

　総身を打ち振り、紗耶は泣き喚いた。だが、幹久はペニスを引き抜こうとはしなかった。あまつさえ両手で乳房を鷲摑み、より激しく突き入れはじめた。その動きに同調して、征二も深々と抉ってくる。

　ふたりの息はぴったりだった。入れ違いに悪魔のような正確さで肉の凶器をストロークさせ、泣き狂う紗耶の口から絶望の喘ぎを絞り取った。

　——こんなのひどい、ひどすぎる。

　涙にまみれた顔を振りたくり、紗耶は「いやあッ！」「抜いてえッ！」と身も世もなく懇願した。しかし、悲痛な叫びは虚しくステージにこだますばかりだった。

「ミッちゃん、お願い。正気に、戻って」

泣き濡れた瞳で弟を見上げ、紗耶は切れ切れに声をかけた。このまま近親相姦を続けていたら、ふたりとも破滅するのが目に見えている。すでに娼婦に堕ちた自分はよいとしても、幹久はまだやり直せるはずだった。ならばもう一度、陽の当たる世界に戻ってもらいたい。そう願い、腰を振り立てる弟を見つめた。が――。

荒息とともに吐きつけられたのは「俺は正気だよ」という、見下した一言だった。「こうやって姉さんを犯しているのは、俺がそれを望んだからさ」

にわかには信じがたい返事に、紗耶はしばし絶句した。その間にも、汗を散らしてペニスを叩き込んでくる。肛門を貫く征二の勢いは、さらに上をいった。

「俺、俊也さんの弟分になったんだ」撓む乳房を縊り上げ、端整な顔を残忍に歪めて幹久が打ち明けた。「姉さんだって知ってるだろ？　俊也さんがどういう人だか……。俺はこれから、兄貴みたいに生きていくよ」

「なにを……言っているの……」

ふたたび襲いくるオルガスムスの兆しに、紗耶は擦れた声で訊いた。すると幹久は「ゆくゆくは調教師になるつもりさ」とうそぶき、喘ぐ口角を吊り上げた。

「もともとセックスは大好きだし、女の扱いにも自信があるし。——けど、それだけじゃ調教師にはなれない。ときには極悪非道な男になれなければ。だから志願したんだ、このショーに出させてくれって」

「ミッちゃん……どうしてそんな……」

「自分でも承知しているよ、いかれた真似をしているって」灼熱のペニスを繰り出しながら、幹久は自嘲した。「実の姉を犯すなんて、ほんとケダモノ以下だよね。鬼畜としか言いようがない。でも、姉さんだって同類じゃないか。人前でオマンコとお尻の穴を犯されて、思いきり感じちゃってるんだから」

「わたしは感じてなんか——」

「いまさら上品ぶるなよ。牝奴隷のくせに」

口汚く吐き捨て、硬く尖った乳首に幹久が歯を立てた。その力の入れ具合は愛撫と呼ぶには程遠く、紗耶は「くっ」と喉を反らした。いきおい新たな涙がこめかみを濡らす。肉体的な痛みを加えられたことより、手を取りあって生きてきた弟から『牝奴隷』と罵られたことのほうがショックだった。

——ミッちゃんはもう、わたしが知っているミッちゃんじゃない……。

性器を抉る幹久から顔を逸らし、紗耶は噎び泣いた。ふたりの凌辱者に躰と心を穢されながら、霞んだ眼差しを横手に投げかけた。

と、ステージの際にスーツ姿の紳士がいるのに気づいた。ぼやけた目をしばたたき、紗耶はハッと息を呑んだ。前後の穴を突き上げられ、火照りを帯びた躰に、この夜二度目となる衝撃が駆け抜けた。

男は……信じられないことに杉村だった。

あなたの両親のことを、とりわけお母さんのことを憎んでいる人がいる——。

二週間前、美冬からそう告げられ、その人物はオープン初日に来店すると聞かされていたので、それなりに覚悟はしていたつもりだった。しかしまさか、娘の自分にまで憎悪を燃やす人物が、大恩ある杉村だったとは……。

羞恥に身を揉む余裕もなく、紗耶は愕然と杉村を見返した。片や、杉村は無表情だった。双眸は虚ろで、感情がまったく窺えない。

復讐を遂げ、昏い満足感に浸っているのか。あるいは後悔の念に苛まれているのか。

そもそも、なぜ両親のことを恨むのか、いまだに想像がつかなかった。

父と母はいったい彼になにをしたのか。過去にどんなトラブルがあったのか。

紗耶には知る由もない。あえて知りたくもなかった。

父と母はかつて杉村のことを裏切ったという。その因果が巡り、自分はいま彼の目の前でヤクザと弟に凌辱されている――。

それが現時点でわかるすべてだった。別の言い方をするなら、自分もまた手ひどい裏切りに遭ったということだ。恩人と崇《あが》め、尊敬の念を抱いてきた男に。

背中に彫られた刺青は、いわば報復の象徴だった。

だからといって杉村のことを憎みはしない。淡い哀しみと色のない諦め。そのふたつしか紗耶の胸にはなく、以前とは別人になったことをあらためて思い知った。

「俺、ずっと姉さんのことが好きだった」悄然と佇む杉村から目を外し、正面に顔を戻すと、追い込みを予感させる腰遣いに玉の汗を散らしながら幹久が告白した。「その気持ちはいまも変わらないよ。さっきは牝奴隷なんて言っちゃったけど、俺、姉さんのことがどうしようもなく好きなんだ。だから――」

言葉を途切らせ、涙が滲んだ目で見つめてきた。紗耶は燃え盛る性愛の炎に身を焦がし、弟以上に熱く潤んだ瞳で続きを促した。

「俺と一緒に堕ちていこう。どこまでも一緒に……」

言い終えるや幹久がキスしてきた。ほぼ同時に、後ろ手に自由を奪っていたフックが外される。紗耶は拘束が解かれた腕を幹久の首に回し、彼の求めに応じて舌を絡めた。そして、本能の赴くままに自らも腰をくねらせた。

◇　◇　◇

重い足取りで席に戻り、杉村は気怠くステージを眺めた。ライトに映えるマットの上では弟に性器を、調教師に肛門を貫かれ、藤江紗耶が歔き狂っている。家族にまで裏切られ自制の箍が外れてしまったのか、彼女のよがりようは実にすさまじかった。上下から犯された裸身をのたうたせ、長い髪を振り乱すさまは淫婦といっても過言ではない。それでいて卑俗さを感じさせないのが不思議だった。これも類稀なる美貌がなせる業《わざ》なのか。完膚なきまでに凌辱されてもなお、内面から放たれる清らかさは失われていないように見えた。

悶え歔く紗耶から目を逸らし、杉村は遠い昔を回想した。

彼女の母、郁子もまた華のある女性だった。見目麗しく、性格も可憐で、そんな女性と婚約に至った杉村はすっかり有頂天になった。いま振り返ってみても、あの頃ほど毎日が輝いていたことはない。

だが、幸せは永遠のものではなかった。ある日、郁子からこう告げられたのだ。

ほかに好きな人ができたので婚約を解消してほしい、と。

相手を問い質し、杉村はさらに愕然とさせられた。こともあろうに、彼女を奪った男は同窓の藤江だというのだ。

藤江は親友でもあった。少なくとも杉村はそう信じていた。しかし、あの男にとって自分は『与《くみ》しやすい存在』でしかなかったらしい。そんなことも気づかずに、たびたび三人で食事をしたり、飲み歩いたりしたとは……。間抜けとしか言いようがない。

それでも月日が経つにつれ、心の傷は徐々に癒えていった。破談から二年後に会社を辞め、現在の礎となるベンチャー企業を立ち上げると、仕事に生き甲斐を見出し、本来の自分を取り戻した。結婚し、父親になったのを機に、いとわしい過去からも解き放たれた。

やがてバブルの時代を迎え、会社は順調に業績を伸ばしていった。創設五年目には社名を〈新未来通信〉に変え、活動エリアを西日本にも拡げた。

そんな折、自社開発のソフトが大ヒットを記録し、藤江がいちやく時の人となったことを知った。その第一報をもたらした業界誌には、開発時の苦労話はもとより、プライベートな側面まで写真付きで掲載されていた。

自宅で撮ったポートレートも何枚かあった。そのうちのひとつに郁子が写っていた。夫婦でソファに腰掛け、幼い子供を膝に載せたふたりは、とても幸せそうだった。

だが、久方ぶりに彼らを目にしても、杉村の胸に昏い想いが甦ることはなかった。嫉妬《しっと》もしなかったと記憶している。もはや彼らは赤の他人でしかなかったからだ。

そうした心持ちは訃報を伝え聞いても変わらなかった。バブル崩壊後、強気の経営が仇となり藤江は倒産の憂き目に遭うのだが、同年、おそらく心労が祟《たた》ったのだろう、郁子は四十二歳の若さで病没していた。しかし早すぎる死を悼みこそすれ、特段の感情を抱くことはなかった。

藤江夫妻とは対照的に、杉村はその頃、満ち足りた毎日を過ごしていた。バブル崩壊の余波を最小限に食い止め、いちはやくＩＴ化の波に乗った新未来通信は、景気が低迷するなか、東証二部上場を果たした。私生活も充実しており、息子が私立中学に合格したのをはじめ、嬉しい出来事があとを絶たずに続いた。ところが——。

幸せな日々は、またもや残酷な運命に断ち切られた。去年の八月、成田空港に向かう車が玉突き事故に巻き込まれたのだ。この事故によりハンドルを握っていた一人息子は即死した。翌日、路上に投げ出された妻も搬送先の病院で息を引き取った。

ひとり生き残った杉村は、事故から三日後に意識を回復した。そして事情聴取に訪れた警察官から家族の死を知らされ、絶望に噎び泣いた。あふれる涙は、後悔の涙でもあった。自分が運転を代わっていれば。それ以前に『夏休みはハワイで過ごそう』などと提案さえしなければ……。そう想わずにはいられず、リハビリを開始する段になっても、ことあるごとに自責の念に苛まれた。

藤江と再会したのは、そんなさなかのことだった。いちおう見舞いを装ってはいたものの、彼の目的は借金を申し込むことにあった。いわく、百パーセント儲かる投資話があるので、昔のよしみで援助してほしい、と。

その言い種に、杉村はまず呆れた。次いで『なにが昔のよしみだ、世迷言《よまいごと》もたいがいにしろ』と腹を立てた。だが、そこまではどうにか我慢ができた。赦せなかったのは、駄目押しとばかりに娘の成人式の写真を見せつけてきたことだ。

得意げに語られたとおり、振り袖を着た彼の娘はモデルか女優のように美しく、郁子の若い頃にそっくりだった。とくに澄んだ目許が生き写しで、自ずと杉村に昔を思い出させた。

もっともそこに思慕はない。にもかかわらずエサに食いついたとでも勘違いしたのか、藤江は滔々と娘の自慢話を続け、最後にこう結んだのだった。

もしよかったら食事にでも誘ってやってくれよ、と。

この一言に杉村の心は火柱を上げた。冗談にしても赦しがたいセリフだった。

おまえの娘をデートに誘い、かつて愛した女のことを懐かしめというのか。死んだ妻子を裏切り、おまえが奪った婚約者との想い出に浸れというのか――。

無神経にすぎる発言は、四半世紀に亘《わた》って封印してきた怒りを呼び覚ました。湧き起こる憤怒に身を震わせ、藤江に対する憎しみの深さをはっきりと思い知った。

ただし、感情に任せて怒鳴りつけたり、叩き帰したりはしなかった。藤江にも自分と同じ苦しみを味わわせる。そう誓い、ひとまず恩を売るべく彼の無心を聞き容れた。

その日を境に杉村はリハビリに励んだ。退院するまでに計画も固めた。藤江のかけがえのない人物、すなわち娘の紗耶を泥にまみれさせる――。それが杉村の狙いだった。

紗耶にはむろん恨みはなかった。報復すること自体、理に反すると自覚していた。しかし胸奥で揺らめく青白い炎を消すことはできなかった。妻と一人息子を失ったのも、こうして自分の心の中に狂気が芽生えたのも、もとを正せば藤江が郁子を奪ったからだ。そう決めつけ、着々と準備を進めた。が――。

報復の機会は訪れなかった。全財産を擲《なげう》った大勝負に敗れ、憔悴の果てに藤江がこの世を去ったからだ。怒りの矛先を失った杉村は、またもや奈落に突き落とされた。気力が萎え、妻と息子のあとを追おうかと考えたこともあった。

だがしばらくして、自分の胸の中にまだ復讐心が燻っていることに気づいた。予定どおり紗耶を貶めれば、このやり場のない怒りを鎮めることができる。ひとたびそう念じると、あとはもう迷わなかった。

計画を続行する過程で、もうひとつ気づいたことがある。それは郁子への憎悪だ。彼女さえ裏切らなければ今日《こんにち》とは違った人生が用意されていた……。そう想うと、彼女と生き写しの紗耶までもが憎らしくなった。あるいは郁子と瓜二つだから憎しみが募ったのかもしれない。いずれにせよ、裏切り者の娘を貶めることに気後れは生じなかった。

とはいえ事は慎重に進めた。とりわけ紗耶の人柄を知ることに時間を割いた。くだらない娘なら、わざわざ手を汚すまでもないからだ。藤江の旧友を装い、秘書として採用したのも、彼女を身近で見るのが目的だった。

果たして、紗耶はよくできた娘であった。外見的にも、性格的にも、非の打ち所がなかった。それはとりもなおさず、報復の相手として不足がないことを意味していた。

杉村はステージに目を戻した。

折しも紗耶は、絶頂をきわめようとしていた。汗に光る白い肌をうねらせ、さながら発情したケダモノのように歔き狂っている。

「お願いッ、ミッちゃん！　一緒にいって！　征二さんも、一緒にッ！」

やがて切迫した声がスピーカーを震わせた。それにあわせ、ふたりの凌辱者がラストスパートに入る。「ああッ、いきそう！」と叫んだ紗耶は、激しく腰を突き立てる弟の尻に長い足を絡め、密着を深めた。

「姉さん、中に出すよ！」

言うや腰が突き入れられ、脂汗に濡れ光る背筋が反り返った。調教師のペニスも根元まで捻じ込まれる。ふたりの射精を躰の芯で受け止めた紗耶は「いくううぅッ！」と牝の咆哮《ほうこう》を放ち、桜色に火照った顔をガクリと仰け反らせた。

その姿を瞳に焼きつけた直後、昏い達成感が杉村の躰を駆け抜けた。と同時に、泣きたいような、喚きたいような、不穏な気分に襲われ、杉村もまた虹色にぼやけるスポットライトを無意識のうちに仰いだ。

この作品は書き下ろしです。原稿枚数387枚（400字詰め）。

GENTOSHA OUTLAW BUNKO

弟《おとうと》の目《め》の前《まえ》で

雨《あま》乃《の》伊《い》織《おり》

平成22年12月10日　初版発行

発行人——石原正康
編集人——永島賞二
発行所——株式会社幻冬舎
〒151-0051東京都渋谷区千駄ヶ谷4-9-7
電話　03(5411)6222(営業)
03(5411)6211(編集)
振替00120-8-767643
印刷・製本—株式会社 光邦
装丁者——高橋雅之

幻冬舎アウトロー文庫

ISBN978-4-344-41584-3　C0193　　O-111-1